BIOFOBIA

SANTIAGO NAZARIAN

BIOFOBIA

1ª edição

EDITORA RECORD
RIO DE JANEIRO • SÃO PAULO
2014

CIP-BRASIL. CATALOGAÇÃO NA PUBLICAÇÃO
SINDICATO NACIONAL DOS EDITORES DE LIVROS, RJ

Nazarian, Santiago, 1977-
N248b   Biofobia / Santiago Nazarian. – 1. ed. – Rio de Janeiro: Record, 2014.

ISBN 978-85-01-10234-8

1. Romance brasileiro. I. Título.

14-11108

CDD: 869.93
CDU: 821.134.3(81)-3

Copyright © by Santiago Nazarian, 2014

Texto revisado segundo o novo Acordo Ortográfico da Língua Portuguesa.
Direitos exclusivos desta edição reservados pela

EDITORA RECORD LTDA
Rua Argentina, 171 – 20921-380 – Rio de Janeiro, RJ – Tel.: 2585-2000

Impresso no Brasil

ISBN 978-85-01-10234-8

Seja um leitor preferencial Record.
Cadastre-se e receba informações sobre
nossos lançamentos e nossas promoções.

EDITORA AFILIADA

Atendimento e venda direta ao leitor:
mdireto@record.com.br ou (21) 2585-2002.

Para Nicole

A Natureza é a Igreja de Satã.

Lars von Trier

Prólogo

Aos pés da casa, ela se ajoelhava. De botas, luvas, chapéu, arrancava trevos do solo e brotos de samambaias. Pragas. Infestavam o terreno e tomavam conta de tudo, se ela não tomasse conta. Ela nunca pensou que o mato precisasse ser disciplinado, mas precisava. Era como tudo selvagem, afinal: animais, crianças, cabelo. Para parecer apenas natural, tinha de ser contido — ou pareceria histérico, doloroso, moribundo. Se o deixasse livre e solto, se tornava desordenado, agressivo, cruel. A natureza é madrasta. A verdade da mata é impenetrável, intransponível, inabitável, não se pode pôr os pés lá. Não há trilhas, não há frutos, não há para onde avançar nem para onde fugir. Tudo se torna um emaranhado de ramos, picões, cipós. O mato impede o avanço. A mata impede o recuo. Sementes duelam com sementes que duelam com o solo que duelam com formigas que querem levar as sementes para longe. Mamíferos subindo pelas árvores. Pássaros saltando de galho em galho. Frutas mordidas, madeira corroída, nada é harmônico e nada ornamental. Para se ter um belo bosque em seu terreno é preciso uma equipe de paisagistas que vença a guerra. Ou muito esforço, suor e sangue derramado.

E luvas. Ela vestia. Olhava para a casa, o telefone tocando ao longe. Droga, até eu chegar lá o telefone já vai ter parado. Melhor ignorar. E continuava arrancando raízes do chão. Brigando com a natureza. Tentando acreditar que conquistava algo, ao menos pelo esforço, pelo exercício, a cabeça que se mantinha ativa.

Um cachorro vinha lambê-la. Depois outro. Bastava um cachorro aparecer para todos se juntarem em matilha, um com ciúmes do outro. Assim ficava difícil trabalhar. Ela os empurrava e gritava que assim ficava difícil trabalhar, com os cachorros acreditando que era tudo uma brincadeira, só os fazia acreditar ainda mais. Cachorros não podem ser levados a sério. E não podem ser considerados em nenhuma guerra. Jamais poderiam alertá-la da infinidade de esporos, espinhos, venenos que havia ao seu redor. Mas, com a mesma rapidez que vieram, foram-se, latindo.

O mato estava cada vez mais agressivo. Ela fazia por prazer, claro. Assim como se faz a unha e se corta o cabelo. Sabe-se que na semana seguinte terá de ser feito de novo, mas essa é a graça. Agora ela tinha até de usar luvas, calçar botas, vestir chapéu. Ressaltava como não pertencia de fato àquela natureza. O ser humano não é um ser natural, é um antígeno expelido pela natureza. Um antígeno forte, robusto, resistente, é verdade, ainda assim...

Extraiu um trevo. E pensou se não era um de quatro folhas. Arrancara tantos trevos daquele terreno sem se importar, e de repente parara naquele. Era diferente dos demais? Era um trevo de quatro folhas? Quantas folhas tinham os trevos anteriores? Bem, ela não estava lendo os trevos, isso era certo. Não usava óculos para extrair cada ramo do chão, cada solo revirado. Só com o trevo na mão pensou no que não via. Pensou no que não poderia ver. Pensou que não havia se deparado com uma única minhoca-lagarta-cigarra recentemente. Devia ser a proximidade do inverno.

Pela proximidade do inverno, puxou a manga da blusa para olhar o relógio. Saco, quase 17 horas. Já ia escurecer. Mas o ruim não era tanto as horas, sim o que ela avistava abaixo do relógio. Manchas vermelhas se espalhando por seu braço. Não dava para continuar duelando com o mato se a alergia se proliferava assim. Batalha perdida. Não tinha jeito de continuar? Mesmo com luvas, botas, chapéu? Criada acolchoadamente urbana. Dedicando uma vida inteira ao intelecto. Não tinha como ter uma natureza um pouco mais... selvagem? Não fazia parte. Ela tinha de ser rejeitada pelo mato como um pacote de salgadinhos transgênicos? Bem, isso não adiantaria perguntar ao verde ao redor. Seria na consulta da próxima segunda. Até lá, só deveria tentar manter a natureza sob controle.

Flagrou um cão latindo para o nada. Lembrou-se da infância, quando o avô apontava para a mata vibrante e flagrava algo mágico. "Ali! Veja, naquela folha balançando! Não está vendo? É um saci, um saci invisível!" E parecia mágico. A folha se movendo de forma independente de todas as outras, independentemente do vento. Agora não parecia mais. Ainda que, olhando para o cão, um arbusto um pouco à frente, captasse um único ramo longo balançando independente de todos os outros. O movimento provocado por algum inseto. Um animal qualquer rastejando fora de vista. O movimento de fluidos, fotossíntese e sais minerais por uma única folha. Mesmo em sua terceira idade, alguns fenômenos continuavam sem explicação — provavelmente porque agora ela tinha coisas mais importantes com que se preocupar. Agora na última idade, descobria quantos fenômenos jamais poderia explicar.

Sabe-se lá. Por seu desinteresse, deixavam de ser fenômenos. Quantas perguntas de menina ela deixara de perguntar? Quantas perguntas acreditara que seriam respondidas com o tempo, e com o tempo simplesmente esqueceu; deixaram de ser questões? Queria apenas terminar aquela porção sob a varanda antes de a noite chegar. Voltou suas luvas aos trevos, seus olhos às raízes. Ouviu estrondos no céu. Deve chover. Vai ser bom para o mato. E continuou seu trabalho como se o mundo inteiro dependesse dela. Como se tudo não fosse acabar.

Era a casa da mãe, não a sua casa. Ele nunca morara lá. Não brincara em suas escadas, não crescera entre aquelas paredes. Não esfolara o joelho em seu chão nem contemplara o teto em noites de tempestades, em madrugadas insones. Ainda assim, não deixava de ser estranhamente familiar. Estranho, mas familiar. A mesa em que estudara, na sala; uma quina em que tantas vezes topara; móveis da sua infância, talheres de vidas passadas, estantes, lombadas, lembranças dispersas reorganizadas num novo espaço, sob um novo teto. Era o que a mãe realmente fora, ou aquilo que se tornara, longe dos filhos, em sua verdadeira casa. E era tudo o que sobrara.

O que fazer com tudo aquilo? O que fazer com o cadáver de uma casa, uma vida, a mãe morta? Enterro ou cremação? Criogenia ou canibalismo? Incêndio e demolição. Cortar seu corpo em pedaços e servir ao cachorro. Entregar peça por peça aos parentes e amigos — distribuir os livros, os vestidos. Vender tudo. Derrubar a casa. Instalar-se lá e tentar começar uma nova vida, recomeçar a vida, retomar a vida da mãe, adotar sua identidade, seus vestidos ou seu cenário, construir um personagem. Ele não era capaz.

Ele era um incapaz. Mas sua mãe havia sido bem específica. Instruções para o funeral. Que música tocar. Que passagem ler. O que fazer com o corpo. O que fazer com a casa. Para quem distribuir os móveis, os livros; por que se preocupar? Depois de morta, para quê? Para que os filhos não se preocupassem. Independência e morte. Independente mesmo após. Tudo sob controle. Ela fizera suas próprias escolhas, não havia nada que ele pudesse fazer.

"André..." O advogado o recebeu no portão com um aperto no ombro e um sorriso paternal. Um sorriso paternalista. Um sorriso cansado. Talvez qualquer homem que pudesse ser seu pai já estivesse cansado naquele ponto. Qualquer homem que pudesse ter sido seu pai já estaria numa idade avançada, velho, cansado, desiludido, decepcionado. Bastardo. Também havia o abatimento pela perda da amiga, e por pensar que ele estava a caminho. O advogado já respirava naquela realidade em que amigos começam a morrer por todos os lados.

Seguiram até a casa. "Você veio caminhando?", o advogado o percebeu semiofegante, suor escorrendo da testa. André assentiu, sorrindo. Sorriso triste. Mais do que demonstrar ao velho que ainda era jovem o suficiente para subir dois quilômetros a pé por uma estrada de terra, demonstrava que isso o esgotava. O advogado devia olhar para seus olhos e ver como aquele menino, que conhecera ainda nas fraldas, já estava murcho, exaurido, ressaltava-lhe ainda mais a própria velhice. O advogado poderia ser o próximo da fila, mas André não tardaria a acompanhá-lo.

Entraram na casa e ele viu a mãe por todos os lados. Os restos da mãe. Os livros. O pêndulo do relógio batendo. Era como uma prova viva de que ela existia. Não mais viva, insistia por todos os lados. A mãe materializada em muito mais do que uma carcaça. Dizendo muito mais do que um epitáfio. Toda uma vida, em cada centímetro daquela casa. "Deixa só eu lavar o rosto." André se dirigiu ao banheiro.

Uma viagem de sessenta minutos, de ônibus. Daí descia na estrada, quilômetro 59, e subia a pé por dois quilômetros de terra. Mochila nas costas. Tênis gastos nos pés. Camiseta do Suede. Indo para a casa da mãe. A mãe se escondia. Dificultava as coisas para quem não tinha carro, como o próprio filho. Um refúgio, para escrever, já na terceira idade, na última curva, longe da cidade. André compreendia e apreciava aquele surto bucólico. Mas, para ele, era apenas um surto. Nunca conseguira passar mais de uma noite naquela casa, subindo pelas paredes. O tédio o consumia, o ar puro o intoxicava. Precisava gastar energia, sedando-se com as cachaças da mãe, as histórias da mãe. Precisava sair dali.

Por isso, a subida a pé fazia sentido. Era um processo. Mais do que um ritual, deixando a cidade para trás, a estrada para trás, o ônibus e a civilização, intoxicando-se com os gases rodoviários, André ia se amaciando, queimando combustível, preparando-se para se apresentar como o filho dócil, faminto por comida caseira. Preparando-se para se apresentar como filho, corado, saudável e em forma. A quem queria enganar? Chegou à casa e ao advogado como um ex-fumante de meia-idade, cansado, exaurido, que não sabia dirigir e mal conseguia respirar. Tatuagens desbotadas. Camiseta puída. Suado, desgrenhado e fedido, foi ao banheiro. Ao menos lavar o rosto.

Sobre a pia, encontrou os cremes da mãe, óleos, hidratantes, antirrugas. Não fizeram muita diferença num corpo cremado, a não ser que a pele hidratada tenha levado mais tempo para queimar. Restos de vaidade virando fumaça. André levantou o olhar para o espelho e se viu melhor do que esperava — ainda um pouco menino. Poderia ser por se olhar no espelho da mãe, pela lembrança de que, na casa dela, ele seria sempre o caçula. Provavelmente era mais pelo efeito das bochechas coradas pelo exercício, a má iluminação do banheiro, a boa iluminação do banheiro, a iluminação indireta, vinda da janela, filtrada pelo boxe, sombreando-lhe olheiras e as crescentes rugas de expressão. Seu cabelo também estava num bom dia. Untado pelo suor. A franja longa, escura. Era apenas obra do acaso. O acaso às vezes o favorecia.

Voltou à sala e encontrou o advogado conversando com a empregada. "Quer um café?", ofereceu-lhe. André assentiu novamente. O advogado o recebia como visita em sua própria casa — não, na casa da mãe. A casa não era dele, não era do advogado. A casa não era de ninguém. Era a casa de uma mulher morta. André sentou-se no sofá em frente à lareira apagada, o advogado na poltrona ao lado. Passou-lhe os papéis. "Esses são os que você precisa assinar agora. E esses eu vou deixar também para a sua irmã; quando ela vem?"

"Amanhã de manhã." André passou os olhos por cima dos papéis e se concentrou em fazer a assinatura correta. Como a morte era burocrática. Um cadáver que se arrastava em tantos detalhes, toda uma vida, um legado, uma casa. O coração parava de bater, mas as unhas continuavam crescendo, o cabelo crescendo, os dentes amarelando, a pele se ressecando à espera de Lancôme. Sua mãe podia ter acabado com a vida, mas para dá-la por encerrada ele ainda teria muito a assinar, contas a fechar, flores a comprar, arregaçar as mangas e cavar ele mesmo uma sepultura. Depois cobri-la pá a pá, bater a terra, fazer uma missa e rezar para que a mãe não desse nem mais um suspiro. Fogo-fátuo. Um gás que escapava.

André levantou os olhos e encontrou os do advogado, que o examinava. Diabos, esse moleque não é capaz nem de assinar os documentos da mãe morta, pensou que o advogado pensava. A mãe cuidara de tudo. A mãe cuidara de se matar para que ele mesmo e sua irmã não tivessem de cuidar dela mais tarde. Fora cremada para que não houvesse nem sepultura a ser visitada. Nada de missa, nenhuma flor a murchar. Ele não era capaz nem mesmo de assinar os atestados de óbito. "Você tem firma em algum outro cartório? Os dois que você me indicou não estão reconhecendo", dissera o advogado há alguns dias pelo telefone. Ele tentou se convencer de que aquilo era perfeitamente natural, ou de que o advogado acharia perfeitamente natural; acabara de perder a mãe, normal que o corpo tremesse, a mão vacilasse, assinatura irreconhecível. Já ele mesmo não podia se enganar. Há um bom tempo que isso acontecia. Ele tentando assinar como ele mesmo; tentando provar por escrito ser alguém que ele não era mais. "É melhor você ir lá, ao cartório, fazer uma nova assinatura", lhe recomendavam. Porém não havia assinatura nova. André não se reinventara. Seria incapaz de assinar duas vezes da mesma forma, de uma nova forma. De qualquer forma, o jeito era tentar imitar o melhor possível a antiga grafia; era difícil, mas às vezes ele conseguia. Talvez numa assinatura mais despreocupada. Talvez quando o tabelião estivesse distraído... Diabos, será que não podia simplesmente manchar o dedão e deixar sua impressão digital? Cogitava perguntar.

André repassou os papéis ao advogado, não totalmente seguro de que acertara sua assinatura. "Estamos quase terminando aqui, André", disse o advogado, como quem lhe pedia um último esforço. Ele se esforçava. E gostaria de acreditar que o advogado acreditava que o esforço era apenas enterrar a mãe, vencer sua morte, superar o luto; André sabia que o advogado sabia além. O esforço era viver. E viver com a morte da mãe era algo-demais-além-do-demasiado. Estavam quase terminando, e depois? Estavam quase terminando o quê? Talvez estivessem terminando os dois. Vamos lá, eu te ajudo com essas últimas pás de terra, depois é com você. Você não é mais um menino, e eu não tenho mais nada com isso. Minha amizade era com a sua mãe; é hora de você se virar sozinho. Pelo amor de Deus, acerte essa assinatura e damos por encerrado! Era isso o que o advogado dizia?

Ele abusara, sabia bem. Abusara dos serviços do advogado, da amizade daquele homem com a mãe, buscara seu socorro mais de uma vez, tarde da noite. Buscara socorro algumas vezes de manhã também, lembrava-se. Amizade é uma forma de se permitir abusos, afinal. "Queria agradecer novamente por tudo o que fez pela minha mãe... por nós", André comentou. Precisava deixar clara sua gratidão ao velho. O advogado fez sinal com a mão como quem diz "deixe disso", e André sabia que não era um sinônimo de "não foi nada", e sim uma maneira de acabar logo com aquilo. "Vamos acabar logo com isso. Daí não precisarei nunca mais te socorrer. Agora você está nessa sozinho."

André ressentia a gratidão que sentia. Acostumara-se a tomar tudo aquilo como natural. Era fruto de seu talento, sua voz, seu rostinho bonito. Porém talento, voz, rosto, tudo murcha com o tempo, e precisava agradecer pelo que ainda tinha. O advogado à sua frente. O trabalho que era poupado diante de todo trabalho que o outro já tivera — que trabalho ele teve? Será que ninguém percebia que trabalho era respirar todos os dias? Arrastar-se a cada manhã para fora da cama, na hora do almoço, de tarde, antes que escurecesse? O trabalho que era conseguir chegar ao final da noite e apenas dormir? Ninguém tinha nada com isso. As pessoas conseguiam. As pessoas se levantavam de madrugada, pegavam ônibus, pegavam outro ônibus, trabalhavam, faziam fila com bandeja tentando encaixar no mesmo prato salada de batata, coxinha de frango, macarrão ao alho e óleo, bife de contrafilé, voltavam ao trabalho, pegavam um ônibus de volta para casa, pegavam outro, tropeçavam, levavam um tiro, eram atropeladas e continuavam se arrastando. Ele era um adulto, e deveria ser fácil. Se tinha insônia, se tinha pesadelos, se os lençóis estavam imundos ou não tinha onde dormir, era problema apenas dele. A mãe não estava mais lá e o advogado já estava indo embora.

E não era só um advogado, diabos. Eram médicos, dentista, uma empregada. Era um marceneiro, uma loja de móveis, uma fiadora. Quantos contatos, amigos, favores perdia com a morte da mãe? Quantos restavam a seu lado? Um mundo todo que morria. Não podia empurrá-lo mais um pouco, ressuscitá-lo, invocá-lo dos mortos com as palavras certas, a assinatura errada?

"Está tudo certo com a venda da casa?", o advogado perguntava como quem lia seus pensamentos. Quem sabe um último favor, ajudar a vendê-la. Não era necessário. André assentia. "Acho que sim, minha irmã é quem está cuidando disso." A irmã. A irmã não estava do seu lado. A irmã tinha sua própria família, marido, filhos. Ele estava sozinho. Há muito que estava sozinho. E só agora, com a morte da mãe, percebia como nunca se solidificara em adulto.

O advogado tocou novamente seu ombro, apertando-o. Um pouquinho mais de compaixão. Paciência. Vamos lá, André, você consegue.

André sorriu. Claro que ele conseguia. Ontem à noite mesmo se sentia confiante, num gole de vodca. Droga, ele era um astro. Tinha uma história. E a história não acabara. Ele perdera a mãe, como todos perdem. E o que conquistara não era pouca coisa. Agora era se reerguer, vender a casa, fazer bom uso do dinheiro, investir na carreira, apostar no talento. O talento ainda estava lá — desengasgue e cante! E o nome ele ainda tinha. Fora só uma sucessão de erros, azares, vícios, a morte da mãe. O resto estava todo no lugar. O lugar era feito de restos.

A empregada veio com a bandeja do café. O advogado lhe agradeceu. Tudo muito civilizado. Essa era outra relação que morria. Relação servil, patrão-empregada. André não conseguiria mantê-la. A empregada também já estava em idade avançada. "A ascensão da classe C." Aquela mulher dentro de casa, limpando suas pegadas de barro, era algo que ele não encontraria mais.

"Meu caseiro deve estar chegando para levar o sofá", prosseguiu o advogado, "e as camas do quarto de hóspede. Não tem problema para você, não é?"

André balançou a cabeça. Não teria onde colocar todos aqueles móveis. E a irmã já tinha uma casa toda mobiliada. Era coisa demais para uma só mulher. Era coisa demais para ninguém. Era uma vida inteira, coisa demais para uma mulher morta. A mãe quis que seus bens fossem distribuídos entre os amigos, e o advogado mais do que merecia. O que não fosse levado provavelmente seria entregue junto com a casa.

Num gole, André já havia bebido e servia-se de mais café. E mais um. O advogado levantava-se e lhe estendia a mão. André teve de se levantar antes de acreditar que o café realmente fizera efeito. Apenas cafeína, que efeito ele esperava? Acompanhou o advogado até a porta. Agora era ele o dono da casa. Ao menos até o dia seguinte, era ele quem mandava. Rei por um dia de uma única casa — era bem mais do que havia sido ultimamente. E seguindo atrás do advogado, não podia deixar de se fortalecer diante da velhice do homem, da gordura do homem, sua postura curvada e sua baixa estatura. É, apesar dos excessos, de uma vida de vícios, André ainda era jovem, ainda homem, ainda podia. Seria Rei! O peso dos anos é mais forte do que tudo, e André ainda tinha certa leveza a seu favor, pelo menos diante daquele velho. André não era mais menino, mas ainda era um homem, ainda conseguiria, ainda tinha sua chance.

O cão abanava-lhe o rabo. André comia o porco. Olhava para as árvores e pensava na mãe morta. "Deixei um lombo na geladeira", dissera-lhe a empregada. André inspirou em autoconfiança, abriu um sorriso e disse: "Vou comer."

Pôs a mesa na varanda, como a mãe faria. Toalha, descansos, guardanapos. Perdeu-se nas combinações possíveis. Nunca que em sua casa seria assim — porque não tinha uma casa, para começo de conversa. Vivia com o que havia à mão. Sempre o mesmo garfo, a mesma faca sem ponta, copos de requeijão. Lá na casa da mãe, perdia-se na prataria, na porcelana, dúzias de diferentes conjuntos de taças — por que alguém que vivia sozinho precisava de tudo aquilo? Podia ser uma vida inteira acumulada, mas André tinha metade da vida dela e nem metade... Meia-vida pela metade. Agora tudo aquilo poderia ser seu... Ou quase. Nem teria onde guardar. Um batedor de claras em neve.

Centrífuga de salada. Descascador de azeitonas. Jamais acharia serventia nem para uma xícara, um pires; bebia o que quer que fosse em grandes quantidades, de copos a canecas. Uma vida a quebrar louça. Provavelmente só precisava de uma mulher, como todo homem, alguém que cuidasse. Provavelmente só precisava de uma mãe.

A empregada fazia o serviço pela metade. Aquecia seu almoço no micro-ondas, enquanto ele mesmo arrumava a mesa na varanda. Devia achar uma tristeza aquele órfão arrumar tudo para comer sozinho. Trouxe à mesa seu prato feito de lombo, arroz, mandioquinha. A mãe sempre contratara alguém para fazer a comida caseira. Ele agradeceu e contemplou o vazio. Árvores, natureza, tédio. "Acha que tudo isso é obra do acaso? É muito trabalho. Não sabe quantas horas passo lá embaixo limpando, tirando galhos. Se a gente não cuida, o mato morre, o mato mata. O mato toma conta, e não sobra mais nada. Digo, além do mato. As árvores. Árvores esparsas. Se a gente não cuida, falta espaço para umas, sobra espaço para outras, sobra espaço para as pragas. A natureza não é justa, é trabalho nosso equilibrar. Se eu não trabalhasse aqui, seria tudo tomado pelas samambaias. Nenhum lírio da paz. Para tudo ficar assim, parecer assim, ficar assim, com cara de mato, é preciso muito trabalho", dissera a mãe, numa cena em que poderia estar estendendo o braço do alto da varanda e dizendo: "Um dia tudo isso será seu." Não seria.

André agora teria de devolver o mato ao mato. Teria de devolver a natureza ao acaso. Ninguém para limpar, varrer, podar. Ervas daninhas tomando conta e a vegetação desordenada. Árvores esparsas. Não diria "assimétricas" porque não parecia haver simetria alguma naquela natureza, ainda podada pela mãe. Mas algum tipo de ordem ainda deveria haver. E como ficaria agora, que ninguém mais tomaria conta? Era problema dos próximos moradores. Ou de deus.

Enquanto contemplava o verde e comia seu almoço, peões chegaram, carregaram móveis, levaram embora para o advogado. Ele viu o sofá se afastando, algumas armações indefinidas; não teria o que fazer com aquilo. Fixou-se no que ainda tinha: a mesa, a varanda, a natureza. A natureza estaria para sempre desordenada ou até que se dessem conta dela. A natureza imortal, até que viessem com razões para podá-la.

Depois de latir para os peões, neurotizar a cena e obrigar André a gritar para silenciá-lo, o cachorro voltou para lhe abanar o rabo, roçar-lhe o focinho, pedir carinho. Pedir comida. Ah, não era possível que o cachorro tivesse algum afeto por ele. Não era seu cachorro, não se acostumara à sua presença. Demonstrava afeto como demonstram todos os cães — ou os mais espertos —, parasitas do calor humano. Assim sobreviviam. Devia ter adotado uma fidelidade instantânea ao novo dono, filho da dona, temeroso por seu destino. Farejava nele parte dos genes que o abrigaram. Quem o levaria? André não tinha condições. Bem, era um cachorro carinhoso. Ao menos, sabia fingir ser um bom cachorro. Saberia se fingir de morto? Até um mendigo é capaz de cuidar de (e ser amado por) um cachorro. Parasita. E André, saberia ser um bom dono? Talvez precisasse ter alguém a quem cuidar. O cachorro abanava o rabo aproveitando sua chance de se vender, ou ao menos ganhar um pedaço de carne.

"Estou indo então." A empregada se aproximava da mesa, sem nem esperar que ele terminasse, sem retirar o prato e lavá-lo. Não era sua empregada. "Ficou tudo certo com seus pagamentos?", perguntou ele tentando manter uma mínima autoridade. Migalhas. Ao menos conter um processo trabalhista; essas coisas sempre acontecem nessas relações informais de trabalho. Mas a empregada era fiel à sua mãe. A empregada era fiel à sua mãe, e agora ela estava morta. A empregada não tinha por que ser fiel a ele, e poupar-lhe o processo, as migalhas.

"Está tudo certo", ela assegurou, e acrescentou: "Você vai ficar com ele?", apontava para o cachorro.

"Acho que não...", respondeu André, incapaz de dar uma resposta segura. "Quer levá-lo?" O cachorro levantou as orelhas, como se pedisse caridade.

"Não posso, já tenho três lá em casa. Mas acho que tem uma comadre minha que ficaria", disse ela. "Posso perguntar."

André olhou para o cachorro, terminando de engolir. "Beleza. Veja lá. De repente minha irmã também quer ficar. Qualquer coisa eu te ligo."

Ela assentiu. "Hoje já dei comida para ele", continuou. "E tem um resto de coração para ele na geladeira. É só esquentar um pouco."

Ótimo, um resto de coração. A empregada se afastou meio passo, então parou. "Estou levando o micro-ondas, tudo bem? Sua mãe falou que podia..."

Ah, não esperava nem o defunto esfriar, o lombo esfriar, e se quisesse requentá-lo? Esquentar um coração. A mãe, antes de morrer, em seus últimos suspiros, dissera à empregada: "Eu... eu tenho uma coisa muito importante a dizer... *cof, cof...* O... o micro-ondas... *cof, cof.* Pode ficar com ele." André assentiu. Micro-ondas não tem valor algum, muito menos sentimental. A empregada então se despediu e se foi. O cachorro ficou.

Com os restos do lombo esfriando no prato, André se levantou e contemplou o vazio. André se levantou e contemplou os excessos. Um capoeirão, que descia pelo terreno algumas centenas de metros. O que ele herdara, diabos? Um bom lugar para se enterrar. Podia ouvir o canto de pássaros, insetos, mas não via nada além do verde. A vida camuflava-se, se escondia. Ele podia se esconder lá. Enterrar-se naquele solo e deixar raízes crescerem entre seus cabelos, seus nutrientes alimentarem a natureza. Nutrientes? Muita química armazenada. Anfetaminas que nunca bateram. Ácidos que iam e voltavam. Pó ao pó. As árvores provavelmente murchariam. Sua carcaça podre, plastificada, serviria como herbicida, formicida, veneno contra cupins.

Precisava de um cigarro. Como precisava de um cigarro. Estava conseguindo parar de fumar — faria bem para sua voz, sua respiração, seus dentes, mas... Como precisava de um cigarro.

Desceu os degraus da varanda até o mato. O cachorro veio acompanhá-lo. Parou à margem do verde e o cachorro roçou-lhe o focinho na mão, como se dissesse: "Vá em frente." André acariciou o focinho do cão. Esquilos, macacos, serpentes, onde estavam? A mãe jurara que existiam. Contara-lhe histórias dos animais que já avistara em sua propriedade, urbanamente orgulhosa de finalmente ter uma vida no campo. André mesmo nunca vira nada além do verde-paisagem, coaxares indistintos. André não via nada.

André... O mato lhe sussurraria. *Andréééé...* Sua mãe lhe diria dos confins vegetarianos de sua propriedade rural. Entre o farfalhar das folhas, no uivo do vento, o sabor da grama pisada, sua mãe voltaria com uma mensagem velada, um cochicho reptício, chacoalhar ofídico, ela voltaria. Sua mãe lhe sussurraria se lhe restasse ainda alguma ilusão, mas não. André não ouvia nada. E, parado diante do mato, via, ouvia, percebia tudo o que percebera durante toda a sua vida. Nada. Nenhuma mensagem enigmática. Nenhuma revelação escondida. A natureza não tinha nada a dizer. A natureza era ignorante, analfabeta, sem firma autenticada, nem mesmo impressão digital. A natureza só lhe negava. Brotava da bosta em cogumelos. Explodia em esporos e refinava-se em cocaína. Queimava-se em tabaco. Destilava-se em álcool, e em gasolina. Mas nunca daria a resposta que ele procurava, nem como ser humano nem como artista. Dragões, demônios, gnomos, quantas matas ele contemplara sem resposta. Nem uma visão mais alienígena. Em suas viagens mais desesperadas, em suas paranoias mais autistas, só havia o duro concreto, ou mesmo a grama áspera, nada além a brotar, nada um pouco mais poético e sobrenatural. Não. Os gnomos não existem nem nos delírios dos céticos.

Viu, sim, um anão de jardim, quebrado, cacos espalhados entre a vegetação. Voltou para tirar a mesa do almoço.

Toque. Toque... Toque. Algo insistente, inconstante e inconsistente batia dentro da casa, irritante. Um gotejamento sem propósito. Código Morse para iletrados. Foi até a porta da frente, verificou a porta dos fundos. Não era a faxineira, nem peões, visita, alma penada, vendedores de enciclopédias ou testemunhas de jeová. O toque estava dentro da casa. *Toque... toque, toque, toque... toque.*

Na sala, André olhou para o relógio da mãe, seguiu os segundos, vigiou o pêndulo batendo em busca de uma batida perfeita. Não. O toque-toque seguia outro compasso. Que compasso, porra, queria um metrônomo? Não seguia ritmo algum. Ficando de ouvidos, notava o zumbido da geladeira, a mata lá fora. Nem sombra de ecos de descargas e vidas alheias, como em seu apartamento. Tarde da noite, quando alguém tossia. Não tão tarde assim, quando os vizinhos trepavam. Na hora do rush, com o trânsito intenso da rua. Da sua quitinete ele sempre podia ouvir os outros e aquilo o deixava certo de que não estava sozinho. Ou o fazia se sentir mais sozinho dentro daquela célula. Ou o fazia se sentir mais integrado quando queria se sentir isolado, que fosse. De toda forma, não sentia nada original. Nada de edificante. Sozinho ou acompanhado na cidade, estaria mal.

Bem... os ruídos da civilização podiam ser ensurdecedores, mas faziam sentido. Insensatas e insensíveis eram aquelas batidas sem métrica que lhe cutucavam as têmporas.

Pica-pau. Pica-pau, lembrou-se. Um pouco pelos desenhos de infância, um pouco pelos relatos da mãe. O bicho-pássaro. Capaz de perturbar a paz dos humanos. Perturbava a sua. Como ele gostaria de ter sido um menino de estilingue. Quebrando vidraças, derrubando goiabas, matando pássaros. Pegaria o bicho e sentiria um coração — uma vez na vida — pulsando em suas mãos. Mas não. Não houvera corações pulsantes no Jardim Paulistano. Ainda que fosse o que sua cidade oferecera de mais arborizado, só avistara os pássaros cinza camuflados pelo concreto. Nada digno de matar.

Bem, se encontrasse o pica-pau agora também não poderia acertá-lo. Sua pontaria não era das melhores. O som cessava. E voltava. *Toque-toque.* Voltava a dar a André uma direção a seguir. Da sala para a cozinha, cozinha para o quarto, quarto para o banheiro. *Pica-pau. Pica-pau.*

O banheiro de hóspedes. Sem banheira, sem creme para rugas, sem personalidade e com um rolo magro de papel higiênico. Ficava claro que aquele banheiro não era de ninguém, nem oferecia o mesmo conforto e aconchego do banheiro que pertencera de fato à mãe. Mas cumpria sua função, com a pia, sabonete, privada, boxe do chuveiro elétrico com uma cortina plástica...

André caminhou na direção do barulho, sabendo as implicações do que se pode encontrar atrás de uma cortina de banheiro. Então parou, constatando que o *toque-toque* vinha de fato de lá. Recuou. Vacilou. Oscilou o corpo como se fosse uma antena a captar uma estação fora de sintonia. Então avançou e abriu a cortina.

Pica-pau. Já morto. Não... Ele se abaixou e viu o amontoado de penas, o pássaro seco a seus pés. Se perguntava se aquilo era um pica-pau. Que estava morto era certo. Havia muito tempo. Sem a possibilidade de cutucar ninguém. Mas ainda se questionava sobre a espécie do pássaro. Pica-pau é o que tem um penacho? E vermelho? E azul? E a risada esganiçada? André buscava descaricaturar a ave para ver se ela se encaixava lá, seca e desbotada, sem cores aos seus pés.

Toque-toque. Continuava. André levantou-se e viu que vinha da janela do boxe. Não era aquele pássaro que cutucava, nem sua alma depenada. Do lado de fora, no vidro, um galho fino batia.

André abriu a janela e viu a árvore lá fora, agitando-se com o vento, cutucando a casa, batendo um galho na janela, insistente. *Deixe-me entrar. Deixe-me entrar.* Era um galho fino, de toda forma, e André o quebrou como se fosse um dedo. Como se fosse um dedo de bruxa a lhe cutucar. Um dedo a menos para lhe fazer mal. O galho continuou a balançar, sem alcançar nada perturbável. Fora do alcance da casa.

Voltou ao pássaro morto a seus pés. Tentou não inspirar fundo, mas podia sentir, não podia sentir, percebia que o cadáver não fedia. Não havia vermes, nem sangue, nem carne, o bicho há muito deveria ter sido consumido. Sobrava uma carcaça vazia. Deveria jogar no lixo. Quem colocará o lixo da casa para fora? Deveria jogar na privada. Pensou nas penas entupindo o encanamento. As penas desentupindo o encanamento. O corpo do pássaro descendo os esgotos, raspando detritos, para encontrar os dejetos industriais, os jacarés existenciais, as tartarugas ninja. Despertaria como um novo animal mutante, pterodáctilo pré-apocalíptico. Achou melhor devolver o pássaro à natureza.

Era uma incógnita como o pássaro entrara no banheiro, para começar, com a janela fechada. Provavelmente viera de outra janela, de outra abertura, ficara preso debatendo-se pela casa, como os pássaros costumam fazer. Buscando uma saída. Buscando a luz de fora. Seguiu de cômodo em cômodo e acabou no banheiro de hóspedes, a janela fechada, deu de encontro ao vidro e caiu morto. Os vermes vieram do ralo, da torneira, de dentro do próprio pica-pau. Devoraram a ave e depois voltaram para de onde vieram, ralo abaixo.

De volta para de onde viera. O pássaro de volta ao mato. Carregado num ninho de papel higiênico, André caminhou até a varanda. Ossos pneumáticos. Um aviãozinho de papel. Peteca artesanal. Arremessou o pássaro de lá. Caiu duro como um coco entre as folhagens. O papel higiênico industrial se desdobrou poeticamente leve e suave, espalhando-se sobre as árvores, os arbustos. Ah, não poderia deixar aquela bagunça. Desceu os degraus da varanda e foi até o mato. O cachorro foi novamente até ele, questionando o que aquele homem crescido fazia espalhando papel higiênico pelas árvores. André recolheu o papel. O cachorro farejou o mato. Que ele não buscasse o pica-pau e o jogasse de volta aos seus pés.

Sem dar chance àquilo, André voltou para a casa. Para o banheiro. Papel higiênico no lixo. Diante da privada, desabotoou a calça e esvaziou a bexiga. Marcava seu território em todos os cômodos daquela casa.

Chico Buarque, Caetano Veloso, Maria Bethânia. Previsível. Folheava os discos da mãe à procura de algo para abafar o silêncio do mato. Encontrava apenas o esperado. Ela era escritora, não se podia exigir que fosse além do bom gosto. Podia ser pior; de outras mães ele ouviria Zezé de Camargo, Roberto Carlos, Susan Boyle. Encontrou também seus discos, os três de sua banda — dois de estúdio e um ao vivo. Foi tudo o que ele conseguira gravar na vida, além de meia dúzia de participações especiais. De jeito nenhum ouviria a própria voz — sua voz em outros tempos, melhores tempos, quando ainda acreditava e quase chegou a fazer sucesso. Quase. Para sua mãe, ele havia chegado lá. Era um astro. Mas as mães assistem a cada conquista dos filhos com um entusiasmo exagerado. Desde os primeiros passos. As primeiras palavras. Como se todos os seres humanos do mundo não seguissem os mesmos caminhos, e caíssem. Ele caíra feio.

Botou Cesária Évora para tocar. Combinava com a mãe, a casa, a mãe morta. Combinava com sua situação. Suspensa. Contemplou os livros, os quadros... somente imagens estáticas que não lhe contavam nada, sem nem a chance de assistir a um filme, porque sua mãe não tinha TV. Ah, precisava de um cigarro... Como precisava de um cigarro! Estava conseguindo parar no dia a dia apenas porque sempre tinha a oportunidade de escorregar. E escorregava. Agora, naquela casa, no meio do nada, não tinha essa oportunidade. A venda mais próxima, qualquer mercado ou padaria, ficava a quilômetros a pé. Diabos, no que a mãe pensara quando construiu uma casa daquelas, naquele lugar? Não é seguro depender tanto assim de um automóvel. E se ela ficasse velha, inválida, imobilizada? Bem, that's the point, ela resolveu a situação antes que isso acontecesse.

A mãe, sempre a mãe. Nunca lhe dera oportunidade... Nunca deixaria a situação se inverter. Nunca seria André a cuidar dela. Nunca seria ele o sóbrio da relação. Preferiu morrer a babar diante do próprio filho. E fizera bem. André acabaria babando ao lado dela. Caçula eterno.

Sem cigarro, André foi até a cristaleira e contemplou os licores, as cachaças. Precisava manter a boca ocupada, o prazer oral. Serviu-se de uma pinga artesanal, num pequeno copo. Já era final da tarde, ele tinha direito. Já era hora de anestesiar um pouco toda aquela racionalidade.

O Arquipélago, A Pedra do Reino, Morangos Mofados. Passou para a prateleira seguinte. O Macaco Nu, O País das Sombras Longas, A Canção do Carrasco. Reconheceu lombadas com as quais convivera por toda a infância e a adolescência, apenas lombadas. Nunca soube o que havia além delas, dentro delas, o que diziam. Ainda estavam todas ali. Agora estavam todas ali. Agora estavam todas ali, para que ele lesse. Ele não leria. Era tarde. Nunca teria tempo. Nunca teria tempo de ler aquela biblioteca inteira, que se espalhava pela sala, entrava no quarto, tomava cada parede da casa. Acostumara-se a ver, ano a ano, a mãe retirando quadros do pai da parede para colocar novas estantes. Literatura contra as artes plásticas. Preferiu ficar de fora da guerra. Escolheu a música, e a mãe pode até ter ficado orgulhosa de ter um filho artista; ele mesmo não poderia se enganar. Não era músico, era um roqueiro, cantor. Se tinha algum talento, viera da mãe, do pai, dos genes, sua voz. Nunca aprendera realmente a tocar. Arranhava no violão, sofria no piano, contorcia-se. E abusara do que a natureza lhe dera, com o cigarro, a química, a bebida.

O Exorcista. Esse, sim, já havia lido. Puxou a lombada e viu as páginas se desfazendo da antiga brochura que descobrira ainda na puberdade. Uns treze ou catorze? Antigas manchas entre as páginas. Lendo escondido e estranhamente se excitando com a sexualidade agressiva de Regan, com a sexualidade do diabo. Assim foi que tudo começara.

Já era o fim do copo de cachaça. Serviu-se de mais um. Estava no campo afinal, vivendo a vida loca selvagem. Certamente era esse o medicamento ancestral para tantas mazelas, como o conhaque direto da torneira de um São Bernardo. No caso dele, mataria alguns vermes, queimaria neurônios nocivos, afastaria o tédio que havia na casa. Tentou entender o que Cesária dizia. Não era sua língua. De repente, se rodasse o disco ao contrário, ouviria mensagens mais reveladoras. Voltou às lombadas, aos livros da mãe. Nem mesmo os livros de autoria dela ele lera até o fim — será que ela desconfiara? Uma mãe não pode esperar que o filho a entenda como mulher, como autora, artista. André não queria vê-la assim. Porém, agora seria a única forma de revê-la. E seria uma forma de ainda tê-la por lá. A obra eternizando a mulher — sua mãe. Sua mãe seria eterna como autora? Sobreviveria ao teste do tempo, das traças, sem sua presença física e a continuidade de sua produção, sua obra seria esquecida ou exaltada? André não poderia dizer, não conhecia aquele meio e não teria como administrar a carreira da mãe morta. Uma agente cuidaria disso — agente literária, não funerária. Apenas estava certo de que sua própria morte serviria para sepultá-lo de vez. Esquecido. Se tivesse acontecido em outros tempos, a morte poderia ter servido a seu favor. A morte o beneficiaria como artista. Agora já passara sua melhor oportunidade de morrer.

Era inútil competir com a mãe morta, ela chegara antes, e eles tinham carreiras completamente diferentes. Mas era inegável que ela fora mais bem-sucedida em sua arte do que ele. Mais respeitada. Ele atingira certo reconhecimento mais novo do que ela apenas porque na música só é possível começar cedo. E ele começou e estacionou. Ela começou a publicar com vinte e poucos, ou trinta e poucos, não importava. Já havia publicado quando ele nasceu. E, quando tinha a idade que ele tem hoje, era uma escritora premiada. Ele até conquistara um público fiel, uma aura cult, mas nunca prêmio algum, nunca fora além. Nunca fora cantor do ano, sua banda nunca a mais pedida no rádio. Talvez não merecesse — quem poderia dizer? Ele próprio não tinha capacidade de avaliar. Só queria acreditar, precisava acreditar; é muito duro ter de se contentar com a própria mediocridade. Nem todo mundo pode ser grande, é verdade. Mas mesmo um vendedor de concessionária pode ser rei dentro de casa, pode ser exemplo dentro de casa, pode ser chefe de família. Ele era exemplo-rei-chefe de quê, de uma quitinete vazia no baixo augusta? Era esse o ponto. Via tantos outros artistas supervalorizados. Talvez não quisesse realmente — a sua era uma música mais *alternativa*, menos comercial. Nunca esperou unanimidade, nunca quis ser mainstream. Não podia esperar conquistar as massas. Porém, quem faz diferente não faz a menor diferença. Quem não diz o que já se sabe não é ouvido. Agora já fazia quase uma década que não gravava e continuava enganando em shows com covers e sucessos do passado. Semissucessos do passado. Grandes fracassos.

Provavelmente acabaria como seu pai, morto de cirrose aos cinquenta e poucos. Seu pai era um belo exemplo, exemplo negativo. Outrora um artista plástico prestigiado, no final vivia de favores e da ajuda da ex-mulher. Desprestigiado, desacreditado e sem inspiração. Seria essa sua maldição hereditária. André olhou o copo quase vazio em mãos; contemplou os poucos quadros do pai que ainda restavam nas paredes...

Aonde foi parar aquele menino que — ah! — queria cantar como o Beatle George?, o verso voltou a seus ouvidos como um soluço de coca-cola.

Cesária Évora estava dando-lhe nos nervos. Serviu-se de outro copo de cachaça e trocou o disco. *A gente faz um monte de besteira, e ainda tem a vida inteira, inteira,* lembrou-se de outro verso amigo. Não encontrava sua família entre os discos da mãe — mas era compreensível, sua família musical era restrita, e ainda mais reduzida por overdoses, acidentes de moto e doenças venéreas. Colocou um dos seus, o primeiro de sua banda. Agora estava de volta em casa.

Se eu tivesse asas, não me prenderia a detalhes,
Saltaria do penhasco, se quisesse aprender a voar
Penas são mais fortes que espadas, então que morra pelas asas
Que viva uma morte gloriosa, se ela puder me salvar.

Como aquele disco era bom! Não tinha por que se enganar. Ele tinha talento, não importavam os frutos colhidos. Além da voz, das letras, eram suas as melodias vocais. Não podia se esquecer disso; não deveria menosprezar o próprio talento. Vamos lá, Andy, é só recuperar um pouco a autoconfiança. Colocar a cabeça no lugar, ser mais produtivo e ter um pouquinho de sorte. Insistir. Ainda tinha sua chance. Ainda era jovem. E agora teria a herança da mãe para acertar sua vida financeira. Começaria já a próxima segunda-feira mais centrado, e tudo daria certo. Agora não tinha mais pais vivos e não podia perder tempo com brincadeiras. Era hora de tomar as rédeas da própria vida.

Hora de acender a lareira. André revirou a lenha e se empenhou em criar a estrutura perfeita para o fogo consumir. Troncos intercalados dando espaço para a chama respirar. Pinhas entre os troncos para o fogo pegar mais fácil. Pedaços de jornal. Rasgou uma faixa do caderno de cultura e leu uma frase sobre algo que não queria ter lido. Os jornais sempre o frustravam. O que era notícia. Quem era exaltado e quem era tratado com cinismo. Era triste. Triste pensar que, para dar certo, ele teria de fazer parte daquilo, e terminar queimado numa das lareiras da chamada elite que consumia exatamente o que todo o povo consumia. Colocou os pedaços de lenha, pinha, jornal na lareira, receoso de encontrar entre eles algo mais — fosse uma manchete bombástica, fosse uma aranha caranguejeira.

As pessoas conseguem incendiar as próprias casas. Uma vela derrubada, um cigarro na cama, um pequeno curto-circuito e um prédio inteiro vem abaixo. Ainda assim, quem realmente quer acender uma lareira, com lenha, jornal, fogo, num lugar feito para isso, não consegue. André se esforçava. Um fósforo numa ponta, um isqueiro em outra. Não era possível. Não é possível que o fogo seja tão difícil assim para pegar. Algumas chamuscadas, um entusiasmo do jornal em chamas, depois morria novamente quando só sobrava lenha.

Ele tentava novamente. Mais jornal. Mais um fósforo riscado. Madeiras reorganizadas. E acreditava. Era preciso fé para o fogo pegar. Fé no Inferno.

Sentou-se numa poltrona. Lamentou não ter mais o sofá para se sentar, deitar-se à frente da lareira. Assistiu com atenção ao fogo, que se espalhava avidamente, depois ia morrendo. Merda, o que há de errado? Colocou mais jornal.

Ia enfiando o papel torcido entre as lenhas, tentando imaginar o caminho da combustão — "se eu fosse o fogo, para onde seguiria?" —, quando ouviu o telefone tocar. O telefone fixo da mãe. Logo atrás na sala. Ecoando entre as suas sílabas, fora do tom de sua música. Ele devia atender. Bem... a casa era dele... Não... a casa era da mãe. Ao menos, o telefone era da mãe, e quem ligava não ligava para ele, ligava para ela, quem quer que fosse. Não sabia o que acontecera? Uma amiga relapsa, um parente distante, alguém para quem teria de dar a triste notícia de que sua mãe falecera. Podia ser só telemarketing, pesquisa de mercado, um antigo marceneiro avisando que a nova estante de livros já estava pronta. Deveria atender. Levantou-se da poltrona, caminhou até o telefone. O telefone parou.

Seguiu para a cozinha. Estava ficando novamente com fome. Não, não podia ser. Era apenas a cachaça, a falta de cigarros. Diabos, se ele quisesse voltar a fazer sucesso, era bom cuidar do peso. Os quilos a mais eram a imagem flagrante para os fãs de que ele não era o mesmo — havia fracassado no teste do tempo, cometera o pecado de envelhecer. Mas, porra, não podia nem comer? Então deveria voltar a fumar. Tinha de ficar longe das drogas, evitar a bebida, o cigarro, maneirar na comida — a vida só lhe exigia privação, prender a respiração, para que pudesse continuar respirando. Dormir, isso, sim, era o único prazer que lhe era permitido, passar uma vida inteira dormindo, mas até para isso era preciso certo esforço. Não conseguiria dormir tão cedo, a não ser que bebesse mais um pouco. E continuar bebendo lhe dava uma fome tremenda. Aquela lareira. Aquela solidão. Aquele cheiro de casa da mãe...

Encontrou na geladeira o coração do cachorro. Como fedia. Não ia comer comida de cachorro, ainda não era para tanto. Examinou o que poderia fazer facilmente — ovos, queijo, um vidro de maionese vencido. Migrou para o freezer — restos de um sorvete do Natal passado, carnes irreconhecíveis, carpaccio de avestruz. Carpaccio de avestruz? Observou a validade: vencido havia quase quatro anos. Sua mãe tinha algo de acumuladora.

Voltou para a frente da lareira, com apenas um chocolate e o copo de cachaça reabastecido. Agora o fogo começava a pegar. Sentou-se para observar as chamas e ouvir sua voz cantando. Bom, ele era bom. Ou fora. Não, ele era bom. O problema era a superficialidade de um país que não lhe dava alternativas. Não dava para ser alternativo. Ou vestia-se de sério ou seria condenado ao descartável. Descartado. Não se identificava com nada que se produzia ali — e bem que já tentara cantar em inglês.

Ele não deveria se lamentar tanto. Tinha seu espaço, seus fãs, já tinha um nome, uma carreira, só precisava dar continuidade. O importante era fazer. O importante era ter prazer. Os resultados são discutíveis — quantas vidas transformara? Nem sabia. Ainda recebia depoimentos de gente redescobrindo seus discos, ou de antigos fãs do passado. Era isso que importava — pode não ter sido milhões, mas ele já tocara milhares. E isso era mais do que muita gente poderia dizer que conquistou em vida.

"Andy, já pedi para você não me ligar assim... O que você tomou?"

A ex-namorada atendia do outro lado da linha mais amarga do que cachaça, e ele tinha de calibrar o silenciador para que ela não o percebesse virando outro gole, umedecendo as palavras, dando-lhe coragem.

"Ué, por que acha que tomei alguma coisa?" Certamente ele conseguiu dizer a frase sem enrolar a língua. Mas o fato era que alguma coisa ele sempre tomava.

"Para me ligar assim... De onde está ligando? Que número é esse?"

"Estou na casa da minha mãe. Ela morreu. Estou aqui sozinho, cuidando das coisas..." Silêncio por alguns segundos do outro lado. "Puxa..." Isso, ele conseguiu sensibilizá-la. "Meus pêsames, Andy. Se tivesse me avisado antes eu poderia... ter ido ao enterro, sei lá, te dado uma força."

"Eu não quis te incomodar. Mas tem sido difícil..."

"Bem, ela já não era mais uma menina mesmo."

Que porra de observação era aquela? "Foi suicídio!"

"Oh... Sério? Bom, você está bem? Por que está me ligando?"

Ele estava ligando porque não estava bem, obviamente. A mãe havia se matado. Estava sozinho na casa dela e precisava do apoio da ex-namorada. Embora eles já tivessem terminado havia quase... seis anos. Embora tivesse saído com outras depois dela. E embora ela já estivesse com outro havia algum tempo. Ela fora a mulher que mais o amou na vida... ele supunha. Amara-o como tantas outras, claro, como fã, mas foi uma fã com quem acabou aprofundando bem a relação. Tornou-se a sua namorada de mais tempo, embora não exclusivamente. Foi a pessoa que chegou mais perto de entendê-lo. E era uma pessoa com quem acreditara que sempre poderia contar, mesmo quando não estivessem mais juntos, mesmo quando estivesse com coisa melhor. Agora ele não estava tão certo.

"Desculpe... Eu só queria conversar um pouco, não queria mesmo incomodar." Isso, soe humilde, miserável, você precisa do colo dela.

"Tudo bem, Andy. Olhe, eu te ligo amanhã, tá bom?"

Diabos! Era noite de sexta, ele estava sozinho naquela casa no mato. Amanhã a irmã estaria lá, daí ele não precisaria mais. Talvez amanhã ele nem estivesse mais vivo. "Amanhã talvez eu não esteja mais aqui."

"Bom, eu ligo no seu celular", respondeu ela casualmente.

"Não...", disse André, enfatizando o tom lúgubre. "Quero dizer. Não sei se estarei em lugar algum. Não sei se vou conseguir me arrastar por mais um dia..."

"Ai, não começa com seus draminhas."

Draminhas? Ele até podia ter sofrido um ataque por final de semana. Uma paranoia a cada noite de domingo. E ela ficara lá, ao lado, dando conforto para que ele pudesse surtar. Agora ele acabara de dizer que a mãe estava morta, suicidara; ele vivia o drama que só se vive uma vez na vida. O que mais ela queria para acreditar que agora a coisa era para valer?

"É, bobagem. Eu deveria acabar logo com tudo isso mesmo. Ninguém sentiria falta."

"Não vou entrar nessa, Andy", respondeu ela, sem entrar no jogo de "Sim, eu sentiria sua falta. Você precisa de alguma coisa? Quer que eu vá para aí?".

"Vem para cá", ele resolveu ser direto.

"Andy, é sexta-feira, eu tenho namorado e..."

"Eu sei que você tem namorado, porra. Eu perdi minha mãe. Só preciso de um pouco de apoio."

"Ligue para aquela periguete, aquela..."

"Ah, você não esquece isso mesmo. Ainda com ciúmes." A periguete era a ex-namorada mais recente, aquela que não tivera a menor importância. Não era tão gostosa. Nem era sua fã. Só tinha certa apatia e certa debilidade que sempre o atraíam numa mulher, uma fraqueza. O problema era esse, se atraía pelos defeitos, depois buscava alguma qualidade, qualquer qualidade, e, como sempre, não conseguia manter o interesse. Essa última não valeria mesmo a pena, e o pegara numa má fase. Quer dizer, o pegara numa fase especialmente má. Ele já não tinha o prestígio, o ânimo, a aparência dos melhores anos, e ela nunca pôde enxergá-lo da forma como ele queria ser visto. Claro que, num dos primeiros encontros, ele fez questão de tocar seus discos para ela. E mostrar suas fotos, seus recortes de jornal. Contar sobre os programas de TV de que tinha participado — "Ah, gosta dessa banda? O baixista deles é grande amigo meu." Nunca a impressionou. Ele planejava dar a volta por cima como uma grande vingança. Mas nem queria se vingar tanto assim.

"Não tenho ciúmes", a ex-namorada continuava. "Você pode ficar com quem quiser. A gente terminou há seis anos. E agora eu tenho um namorado."

"A gente terminou há quase seis anos e você me trocou por um pagodeiro."

Isso era algo difícil de perdoar. Ela poderia tê-lo trocado por um cantor de metal melódico, por um produtor cultural, até por um advogado ou um publicitário, mas precisava ser um pagodeiro? Fazia André questionar quanto ela fora realmente sincera com ele. Quanto gostava das bandas que ele apresentara, os filmes que apresentara, quanto expusera realmente nas conversas que tiveram. Como aquela mulher poderia tê-lo trocado por um pagodeiro?

"Eu não *troquei* você por ninguém. Eu o conheci bem depois. E ele não é pagodeiro."

"Não? Agora ele é o quê, sertanejo universitário?"

"É pop romântico. E você sabe muito bem."

"Pop romântico e pagode são a mesma coisa."

"Ai, tá bom, senhor junkie roqueiro que conhece tanto de samba."

"Pop romântico é samba?"

"Andy, não estou entendendo aonde você quer chegar com essa conversa."

Ele deu mais um gole na cachaça e lamentou. Lamentou ter ligado para ela, e ter dado aquele gole em voz alta. Certeza de que ela percebia que ele estava bebendo. O que ele esperava, afinal, que ela fosse até lá? Ela nem tinha carro, aquilo não era possível. Ligara apenas para se queimar mais um pouco. Estendeu a mão para sentir o calor da lareira.

"Eu preciso de apoio, pô, minha mãe acabou de morrer." "Bom, desculpe, você me diz isso agora, numa noite de sexta, o que quer que eu faça?"

Aquela era uma resposta que ele não tinha, era verdade. Se ainda vivessem um amor adolescente, poderia esperar qualquer coisa, qualquer coisa. Esperar que a namorada desenterrasse a mãe, cravasse uma barra de ferro em seu peito e a ressuscitasse com raios que cairiam do céu. Mas a mãe havia sido cremada. "Só queria que você mostrasse um mínimo de solidariedade."

A ex suspirou do outro lado e André achou também ter ouvido um tilintar. Gelo num copo. Talvez ela bebesse a Absolut Vanilia de que tanto gostava e pela qual certamente um pagodeiro podia pagar. "Eu sou solidária, claro. Mas as coisas não são assim. Você não pode esperar que eu esteja sempre pronta para largar tudo e ir te acudir onde quer que você esteja."

"Você costumava fazer isso."

"Costumava, mas agora tenho minha própria vida. Tenho outro namorado."

Não importava, não importava. Não importava que eles tivessem terminado. Como ela podia traí-lo assim, com um cara daqueles? Eles foram um casal, dividiram tanta coisa. Agora, tudo o que ela havia sido com ele era dividido com um pagodeiro de merda? O que ela aprendeu de música, os filmes que ele apresentou a ela, o ritmo mais sensato de aspirar a cocaína e de fazer sexo oral... Porra, agora ela exercia com um pagodeiro?

"E o que aconteceu com todas aquelas promessas? EU era sua vida, caralho. Você tatuou uma frase minha nas suas costas."

"Eu tinha QUINZE anos, Andy! Eu cresci."

"É. Cresceu e começou a ouvir pagode."

"Eu não vou ter essa conversa."

Ah... Sim, agora era fácil perdê-la. Sempre fora fácil perdê-la, porque sempre é fácil perder qualquer um. Estamos sempre sozinhos; não poderia se iludir. Casais, famílias, mães e filhos, todos estão separados por suas próprias vidas. Nenhum conhece realmente o outro. Ninguém satisfaz realmente o próximo. Dentro da mente de cada um há o desejo de muito mais, muito melhor, as buscas mais perversas, cruéis, individualistas, de morte, assassinato, estupro, antropofagia...

"Como você pode ter mudado assim...? O que minha música... O que EU signifiquei pra você não significa mais nada?"

Apesar dos versos, apesar do refrão. Apesar da identificação, ela seria uma mulher que ele nunca poderia compor. Ele nunca poderia compor. O que ele compunha não significava nada.

"É claro que significa. Eu nunca vou esquecer. E sempre vou te admirar, como cantor e como pessoa. Sério, Andy. Mas você precisa deixar isso para trás. Não se esqueça de que foi VOCÊ, inclusive, quem terminou."

"Eu tava muito mal. Eu..."

"Você tá sempre mal. Isso faz parte de quem você é. E isso pode ser lindo para o público, o artista complexado. Mas você não é mais um moleque. Está na hora de amadurecer."

"E gravar pop romântico."

"Tchau, Andy."

"Não, sério, espera, conversa comigo mais um pouco."

E ele sabia. Ele não sabia. Ele não sabia exatamente por que ligara para ela, mas queria estender mais um pouco, só mais um pouquinho, sentir que estava ao lado dela naquela lareira. Resgatar um pouco daqueles momentos em que sentiu que tinha alguém. Ele poderia se enganar, se ao menos ela entrasse no jogo.

Ela suspirou. "Essa conversa não está levando a lugar nenhum. E preciso sair."

"Vai aonde, à festa da Caras?"

"Sabe, você está ficando um velho patético e frustrado."

"Não, sério, vai a uma festa da Caras?"

"Ele está sendo homenageado, a gente tem de ir."

"Haha, típico!"

"Olha... Eu não preciso ouvir isso, tchau!"

Diabos, será que ela riria do atual namorado num namoro futuro? Será que os relacionamentos são só uma forma de nos abrirmos uns aos outros para zombar uns dos outros e constatar quão risíveis são os seres humanos? Os relacionamentos humanos, risíveis em si, relacionamentos amorosos — ridículos e infantis —, tudo uma maneira de devolver o homem à sua insignificância. Você pode ser Presidente da Coreia, Analista da Nasa, Terrorista da Al Qaeda, as vozinhas que trocou com sua namorada e os apelidos pelos quais vocês se chamaram são a prova de que você não superou a imbecilidade.

"Você lembra que a gente costumava tirar sarro desses eventos e dessas revistas? Você ao menos lembra que já foi roqueira e tinha tatuada uma frase da minha banda?", ele insistiu, como que para reforçar a tinta desbotada sobre a pele dela.

"Tchau, Andy."

"Você costumava ser minha groupie!"

Ela desligou.

Até suas fãs, sua ex, suas groupies mais dedicadas migravam para outros cantores, outros gêneros. Rock alternativo não era mais uma alternativa, ao que parecia. Até o tipo de música que ele fazia estava velho; e ele não fazia mais música. Como era possível continuar aproveitando a estirpe de artista sem arte? O que compor, para quem cantar, o que dizer se ninguém estava mais disposto a ouvir? Desligavam na sua cara. Não, não bastava o que já fizera, as músicas que gravara, os fãs que conquistara. Como tudo na vida, para mantê-los ele teria de se esforçar. Para preservar o que já havia feito, tinha de fazer mais. Para continuar sendo ele, precisaria mudar. Nenhuma conquista seria o bastante se ficasse para trás, em outros jornais, queimada em outras lareiras. Ele ficou olhando o fogo queimar agora em chamas famintas. É, ele conseguiu fazer essa merda pegar fogo.

O mato em silêncio. Da varanda, ele contemplava. Árvores imóveis, vegetação estática. Era preciso certa concentração para perceber que ouvia cigarras. A trilha-sonora-paisagem não dizia nada. Olhava para aquele mato atrás da casa e imaginava que vida deveria haver lá, onde estava a vida. Por todos os lados. As árvores silenciosamente respirando. Folhas chorando em sereno. Sementes brotando lentamente, irrompendo da terra, vencendo um sepultamento prematuro. Sepultadas para nascer. E por trás de tudo isso, os insetos. Por trás de cada folha, dentro das cascas, misturados aos galhos, invisíveis, milhões de corpos a pulsar. E répteis, anfíbios, mamíferos, aves dormindo. Pássaros sonhando, pousados, desaparecidos. Se pudesse absorver toda a vida que se escondia à sua frente, explodiria.

O cachorro também estava por lá, em algum lugar. Perdido em sonhos no meio do mato, quem sabe perdido em pesadelos. Receoso por seu próprio futuro, sem a dona, sem casa. Não era problema de André.

Deu as costas para o mato e decidiu ir para o quarto. Já devidamente anestesiado pelas cachaças. Já cansado. Entrou no quarto de hóspedes e não se encontrou. Um quarto não é um quarto sem camas. Lembrou-se de que o advogado as havia levado. Viu marcas que o estrado deixou na parede. Um lugar onde não havia nada. As paredes da casa, ainda tão brancas, e só uma vez pintadas... Aquela casa era um desperdício. Desperdício para uma mulher solteira, uma velha, no fim da vida. Ela a construíra com tanto amor, dedicação, sem ninguém para abrigar. Um quarto de hóspedes para filho e filha — quantas vezes eles dormiram lá? Uma casa é coisa demais para uma só pessoa. Uma casa não pode durar só uma história, meia história, o final de uma história de vida, mesmo que essa vida seja de uma escritora. André queria poder tomar aquela casa e fazê-la sua, mas mal conseguia sustentar a própria carcaça.

Caminhou pelo quarto. Na parede, o suicídio de Ofélia, numa pintura a óleo do pai. Os móveis, armário e criado-mudo — com livros empilhados sobre ele. E no chão, num canto... uma TV. Apenas uma televisãozinha portátil, antiga, daquelas de dial, provavelmente em preto e branco, que a mãe concedia aos hóspedes.

Abriu o armário. Só uma dupla de cobertores, cobertores mofados. O cheiro o atingiu como fantasmas de verões passados. O cheiro de mofo é ancestral. Os fungos crescendo sobre a civilidade. Era só isso: cobertores e mofo. Aquele armário nunca guardara roupas, disfarces, expectativas. Nunca vestira ninguém, nunca oferecera sonhos. Provavelmente fora produzido em massa, vendido à mãe para ocupar um quarto vazio. Nunca preenchido. Bem, provavelmente o armário ainda teria sua chance. Provavelmente teria novas famílias.

Foi até a cômoda, criado-mudo — reconhecia-o. Aquele, sim, já teve vidas, vidas passadas. Abriu-o, vazio. Mas lá dentro, colado à madeira, encontrou um adesivo. Uma figurinha, do álbum *Heavy Metal*, parte de sua história ainda aderida àquela casa. Uma pena que agora não havia novas crianças por lá. Uma pena que não havia nada para justificá-lo. Criado. Mudo. Precisava de novos meninos que preenchessem suas gavetas com sungas de natação, faixas de judô e adesivos de bandas de rock. Examinou uma gaveta de baixo e... voilà! Um maço de cigarros! Bem, um maço com três cigarros, é verdade, mas um cigarro já era bom. Três, melhor ainda. Melhor do que nada. Pareciam um pouco velhos, mas não o suficiente para estarem lá desde que o criado-mudo ocupara seu quarto. Tentou lembrar se era lá, naquela gaveta, que mantinha os cigarros, camisinhas, as revistas pornôs da adolescência... Examinou o fundo de todas as gavetas para ver se não sobrara por acaso um papelote ancestral, uma pílula de futuros antigos. Nada. O cigarro devia ter sido esquecido por um antigo hóspede, tão antigo quanto aquela casa semivirgem poderia ter tido. De repente deixado pela mãe para um eventual fumante, assim como a TV. A mãe fora daquelas, que se encarregam de satisfazer as necessidades dos visitantes, mesmo quando as necessidades se configuravam como vícios, porque, solitária, procurava ser uma boa anfitriã. E a anfitriã só atua nos momentos de exceção e indulgência.

Foi até a cozinha acender o cigarro.

Ainda havia o quarto da mãe, a cama da mãe. O quarto da mãe agora era seu lugar. Entrou lá e instantaneamente o percebeu cheio de histórias. Tinha a mesma idade do quarto de hóspedes, e muito mais histórias. Devia ecoar os sonhos da mãe, os pesadelos da mãe, ao menos tinha um desgaste maior, pela mãe tê-lo efetivamente ocupado. E os livros, livros por todos os lados. Cada superfície plana era ocupada por um livro. Tampo de mesa, armário, criado-mudo, mesinha de cabeceira. Nenhum bibelô. Nenhum suvenir. Nenhum porta-retratos. Só restaram os livros. Para que ele soubesse quem fora realmente a mãe, teria de abri-los e ler. Teria de ler cada página de milhares, milhões. Ela deveria ter deixado sua história num documento sucinto, com o advogado. Ou deixado, como qualquer mãe, em álbuns e porta-retratos. O que ficava da história dela agora era impenetrável. Livros. Quem ainda estará lendo daqui a um século?

O telefone tocou. E dessa vez ele avançou ansioso para atender ao lado da cama. Poderia ser a exnamorada a caminho. Poderia ser a irmã para saber como ele estava. Fossem credores, telemarketing, uma mensagem de esperança, queria ouvir. Disse seu alô e escutou o que temia ouvir do outro lado: nada. "Alô?" Apenas estática. Não, estática e algum eco. Não, estática e alguma outra vida, vidas passadas, vidas paralelas, realidades alternativas. Podia ouvir pessoas que conversavam, enfaticamente, apaixonadamente. Tentava ouvir o que diziam. Linhas cruzadas. Mas eram tão fracas... Eram tão tênues... Era quase como se existissem apenas em sua cabeça... Ainda assim, esforçou-se para distinguir as palavras, entre o zumbido, o que conversavam vozes alheias em outras casas. Fins de namoro. Ameaças de chantagem. Pedidos de desculpas. Sexo virtual. Não distinguia nada. Era como se o mundo inteiro cantasse como Cesária Évora.

Desligou. Aquilo devia ser normal. Em lugares assim, no campo, o telefone despertando num surto. Sem ninguém a ligar. Apenas uma descarga elétrica. Um suspiro-sufoco-grito de solidão: "Não me deixe quieto." Era o que o telefone dizia, após semanas sem ser usado. André mesmo só usava o telefone para pedir socorro, e isso já garantia que o usasse com frequência.

Acendeu mais um cigarro. Ficava com apenas mais um de reserva. Tudo bem, já era tarde da noite, e amanhã viriam parentes e amigos, certamente alguém traria um cigarro para ele filar. Precisava de mais nicotina para encerrar a noite. Precisava tragar para dormir.

A cama da mãe, feita. A mãe se matara havia mais de uma semana... depois de fazer a cama. Ou antes de dormir. Ou depois de ter se matado a empregada fizera a cama — "Vamos lá, ainda há outras pessoas a morrer." Outras pessoas a dormir. Você pode se matar, que sua cama continuará feita, esperando por você. O mundo continua o mesmo quando você acaba. André pensou em afundar o nariz no travesseiro e tentar captar o cheiro da mãe, mas não tinha certeza se o reconheceria, como o homem não pode reconhecer o ar, o peixe não pode reconhecer a água. Terminou seu cigarro.

No banheiro da mãe, escovando os dentes com a escova dela, viu a banheira e pensou em tomar um banho. Ligou a torneira. O encanamento resfolegou num arroto, buscando água de vias esquecidas. Uma casa com banheira, como aquilo fazia falta. Aos solavancos, a água começou a fluir marrom. André insistiu, abrindo mais a torneira; em poucos segundos a água fluía enganosamente transparente. Vai servir. Em cada hotel em que se hospedara com sua banda, sempre entrara ansiosamente no banheiro para verificar se havia uma banheira — quase nunca. Era ótimo para o final de noite, apesar de não ajudar muito na ressaca. O banheiro escuro, a água quente, os ouvidos mergulhados em ecos de uma vida intrauterina.

Agora, olhava a própria barriga, o pênis flácido, a água borbulhante subindo. Era um homem adulto. Não, mais do que isso, era um homem de meia-idade, e não havia nada de que se orgulhar. Nem do corpo nem das conquistas, mergulhado naquela banheira, tentando voltar para o útero. Apagou a luz.

Mergulhado no escuro, não pensava em morrer. Não queria se perder assim, ser encontrado assim, morrer assim, já passara seu tempo. Não queria deixar um cadáver nu, vulnerável, fracassado e acima do peso. Queria nascer de novo... Melhor voltar ao pó. Ele era mais feliz quando se drogava, pensou. Ao menos era mais magro. A verdade é que, depois de passar por toda aquela química, a felicidade orgânica era insatisfatória. Depois de conhecer a euforia, como se contentar com uma feijoada? Bem, nem feijoada estava dentro dos prazeres permitidos. Como se contentar com granola, quinoa, alface e leite de soja? Devia só se contentar em conseguir dormir, dormir, e nunca mais acordar. Devia se contentar com os segundos que ainda tinha, com a água quente que ainda subia, com a banheira que tinha para se afogar. Aproveitar o momento. Tivera, tinha, sobrara tanto para ele, o que mais poderia querer? Nada. E esse era o problema. Não queria mais nada.

Não desejava nem mais a ex-namorada, por isso se separara dela. Não era mais uma menina, não era mais uma fã, era uma mulher absorvida. Deixara de ser novidade, e o mundo prometera lhe oferecer tão mais. Variedade. Não podia se prender pelo resto da vida a apenas uma mulher. Não podia se encarcerar. Ainda era jovem. Ainda iria encontrar a mulher que tivesse o que buscara em todas as outras. Porém, agora não era mais tão jovem quanto antes. Cada dia menos. E um dia despertou para perceber que tinha menos chances. Um dia despertou para duvidar se conseguiria. Um dia despertou duvidando de si mesmo e achando que não merecia realmente o melhor, a melhor; a mulher perfeita tinha melhores escolhas.

Agora qualquer mulher teria escolhas melhores. Ele teria de se contentar com aquela que se contentasse com ele. Se ele ainda pudesse dar conta... As mulheres não eram as mesmas. As mulheres eram outras. As mulheres ainda vinham como ele sempre buscara, variadas, e ele não podia ser exigente. Bastava se concentrar. Bastava se desconcentrar. Bastava não pensar muito naquilo, não pensar, fechar os olhos, que ele conseguia cumprir o serviço. Então, quando abria os olhos... Quando abria os olhos e via o que tinha embaixo de si, de olhos fechados, gemendo, o prazer contorcendo o que a maquiagem e as expressões dissimuladas tentaram esconder, invariavelmente perdia a ereção. O membro já não tão rijo. A pontaria menos certeira. E ele tinha de pedir um tempo, ou dar por encerrado, antes que a mulher percebesse que o ídolo despencara. Isso quando ainda passava por ídolo. Na maioria das vezes, para a maioria das mulheres, era um wannabe, um cantor desconhecido, que tinha de exibir o currículo e contar vantagem. Para as mais novas, tinha de contar quem havia sido. Para as mais velhas, ele era um fracassado.

A água quente estava baixando sua pressão. Não suportava mais ficar deitado naquele útero estéril. Vamos, hora de parir, dormir, abortar-se. Enxugou-se rapidamente e foi para o quarto.

Lá o inverno se fazia sentir. A janela aberta. Foi até ela e pensou como iria fechá-la com tantos galhos que entravam. Uma árvore invadindo. Pela janela do quarto, avançava uma árvore. Teve de duelar com folhas e ramos. Não era possível que a mãe não a fechasse nunca. Não era possível que a árvore tivesse crescido assim para dentro de casa nas poucas semanas desde a morte da mãe. Era preciso podá-la. Por ora, André tentou apenas empurrar os galhos para fora, quebrar os galhos para fora, como fizera com a árvore do banheiro de hóspedes, fechar a janela. Os galhos o espetavam, arranhavam, folhas esfregavam-se em seu nariz. Droga. Estava frio. Ele ainda nu e ainda pingando. Deixou a árvore para lá. Foi para cama e se cobriu imediatamente, meio molhado. Apagou a luz.

O lençol, a fronha, o travesseiro tinham cheiro de... amaciante. Tudo bem, poderiam passar por cheiro de mãe. Um homem crescido, solteiro e solitário nunca teria aquele cheiro em sua casa. Ainda era cheiro do passado. Inspirou tentando sorver algo da mãe engarrafada. Podia ser um rastro industrial, oficial, mas era um rastro verdadeiro. Talvez hoje em dia todas as mães tenham o mesmo perfume de lavanda.

Os grilos, as cigarras, os sapos. Os galos, corujas, o cachorro. Toda a fauna noturna parecia rondar seus sonhos e mantê-los lá fora, no mato. Todos cantavam ao mesmo tempo, buscando um segundo de sua atenção, uma vibração dos tímpanos. André tentava se concentrar em dormir e se lembrava de que o segredo era exatamente o contrário: desconcentrar-se. Mas os grilos, as cigarras, sapos-corujas-cachorro permaneciam puxando-o à terra, ancorando-o à realidade campestre que não tinha nada de doce, nada de bucólica. Ruído rosa. A vida lá fora se devorava em si mesma, canibalizava-se e regurgitava-se em sibilos, coaxares, latidos. Diabos, o que há com esse cachorro? André o ouvia latindo longe, no terreno, provavelmente para algum animal noturno, e assim todos por perto se tornavam também. Animais acordados.

Ao menos não havia mosquitos. Mosquitos não eram animais muito evoluídos, afinal. Noturnos, sorrateiros, poderiam se alimentar e proliferar loucamente se fossem um pouco mais discretos. Seu zumbido é que os tornavam vulneráveis, odiáveis, odiados e perseguidos, combatidos pela indústria toxicológica, fonoaudiólogas, pessoas físicas e jurídicas. Porém, noturnos, sorrateiros, escondidos, precisavam do zumbido para proliferar. Ou precisavam aparecer. Precisavam fracassar. Simplesmente não podiam evitar. Assim como ele, gostaria de pensar: "Canto apenas porque não posso evitar." Não podia evitar o exibicionismo, o fracasso, a indústria toxicológica. Não era um animal evoluído.

O ruído do mato lá fora era tão alto que silenciava o interior da casa. Devia ser pacífico. Todos sempre descreviam com nostalgia o canto das cigarras, uma cantiga de ninar. Mesmo bem lubrificado, André não conseguia. Mantinha-se fixado nos animais por todos os lados. Tão fixado que logo ouvia os galos cantarem. Já? Verificou o rádio-relógio da mãe: 3:47. Isso é acordar com as galinhas, madrugar com as corujas. A noite nem acabara e os galos já despertavam, somando-se aos grilos-sapos-cigarras-sariguês.

O cachorro agora rosnava, revolvia-se, perseguia o demônio. Não tinha respeito pelo espírito da dona morta? A dona morta não poderia aparecer para mandá-lo se calar? O grito de André jamais atravessaria aquelas árvores, a relva, os ramos, arbustos, nunca chegaria sequer a ouvidos caninos. André tentou sufocar latidos com fios 100% algodão e plumas de ganso do travesseiro. Afogar-se em gansos. Tentava se afogar nesses devaneios para ter a pequena morte que lhe trazia a redenção de cada noite. Dormir e esquecer era tudo que poderia fazer, não conseguia fazer. E sonhava semiacordado com o que de fato havia por lá.

A casa cercada. Animais por todos os lados, acordados, à espreita. Serpentes nas árvores, morcegos no ar, escorpiões no solo, nas folhas, lacraias e jacarés. Se pusesse os pés para fora, se tentasse sair de lá, a onça, as lontras, o cachorro-do-mato o devorariam. Os animais lá fora só estavam esperando que tentasse sair. Não era um complô, estavam todos contra todos, o mundo contra todos. O cachorro que devorava os esquilos devoraria suas bochechas se ele caísse morto nos fundos do terreno da mãe. Sobrariam seus ossos, que entalariam na garganta de um animal menor — quati. Que seria devorado pelos vermes da terra, e rebrotado em larvas da goiaba, goiabeira podre. Naquele instante mesmo, sob plumas de ganso, André já se sentia apodrecendo, fermentando, fedendo a cigarro, cachaça e suor.

André acordou razoavelmente cedo. Dez horas da manhã para ele era bem razoável. Não sentia exatamente ressaca, somente a indisposição generalizada de sempre — não se lembrava da última vez em que acordara disposto. Seu sono era leve e perturbado; e o cachorro, os galos, a natureza lá fora não ajudavam. A janela aberta também não, com a árvore e a luz entrando no quarto. Pegou-se bem cedo se revirando nos lençóis, insistindo consigo mesmo, tapando o rosto com o edredom, tentando prolongar um pouco mais o sono. Não iria se levantar e duelar novamente com a árvore para tentar fechar a janela. Às dez da manhã, desistiu e decidiu levantar-se; ao menos teria tempo de preparar um café, desinchar os olhos, fumar o último cigarro e preparar-se para a chegada da irmã.

Sentando-se na cama, sentiu o antebraço esquerdo ardendo. Observou longos e profundos arranhões, sangue seco espalhado sobre as tatuagens negras. Cortara-se com algo na cama? Reexaminou os sonhos na tentativa de identificar algo como Freddy Krueger Nem isso. Nem em seus sonhos havia fantasia — só se lembrava de sonhar com a vida lá fora, o ruído verde, sonhar com o que o mantinha acordado, o cachorro latindo... Examinou os lençóis. Algum zíper, agulha ou prego? Só viu manchas de sangue. Provavelmente vieram da árvore, ontem à noite, os galhos, tentando colocá-los para fora. Anestesiado pela bebida, não sentira os arranhões. Agora de manhã, eles despertavam com ele.

Ao banheiro, passar uma água no braço e no rosto. Limpando o sangue fresco, notou o desenho dos arranhões, como uma árvore a abrir os braços sobre o seu. Olhou seus olhos inchados — a iluminação não lhe era favorável naquela manhã. Parecia mesmo que havia bebido, de ressaca. O inchaço ressaltava seus primeiros pés de galinha; galinhas pisavam em seu rosto. O cabelo estava em ordem, mas isso, hoje, ia contra ele. O cabelo comprido demais para um homem da sua idade, a franja no rosto — o que era ele, um emo velho? Ao menos ainda tinha cabelo, na sua idade muitos homens não podiam dizer o mesmo. Ele deveria ser grato... à mãe, ao pai, à natureza. Talvez só devesse deixar as raízes naturais, parar de pintar; aquele preto retinto pesava e começava a contrastar com os primeiros fios de barba branca.

Enxaguou o rosto esperando que uma infinidade de pecados escorresse ralo abaixo. Olhou-se novamente, não adiantara. Ele era daqueles meninos, rapazes, bem... homens que só se beneficiam das sombras, a luz certa, a falta de luz. Examinou alguns das dezenas de cremes da mãe. Esperava que um deles fizesse o milagre. Passou um para o rosto e um especial para a área dos olhos. Olhou-se novamente, o mesmo rosto, apenas besuntado — como as empresas de cosméticos enganam as mulheres... Não chegaria ao ponto de aplicar botox, cirurgia plástica, mas se estivesse indo ao palco bem que poderia aplicar uma grossa camada de maquiagem. Infelizmente ele estava num país em que nem no palco... nem um rockstar pode se maquiar. Ele não estava num país de rockstars.

Saindo pela porta da varanda, reencontrou o picapau morto. "Cachorro danado..." Já esperava por aquilo. Pegou-o pela ponta das penas, sem nem se preocupar em criar um novo ninho de papel higiênico. Arremessou o pássaro seco voando de volta entre as árvores na varanda. Com o bicho fora de vista, se perguntou se não poderia ser outra ave, outra morte. Nunca fora um bom fisionomista.

A felicidade gritava lá fora. Cores berrantes, luz viva, canto estridente de pássaros indiferentes à morte de seu semelhante. Ele observava o mato enquanto acendia o primeiro cigarro do dia, o último cigarro.

"Você, sim, parece ter dormido bem, né, safado? Apesar de ter me deixado acordado." O mato acordava mais fresco do que nunca. Bem, era só dar as suas tragadas, depois alguns goles, algumas canecas, alguns litros de café e ele se sentiria acordado e disposto. Disposto a gritar. O dia estava lindo, com um sol de inverno. Nas árvores à sua frente, flores vermelho-sangue desabrochavam — estavam lá ainda ontem? Ele não se lembrava, provavelmente flores desabrocham de um dia para outro. Ou era só a luz da manhã, a luz da manhã as beneficiava.

E o cachorro? Perturbou-o tanto na madrugada, trouxera-lhe aquele café da manhã fúnebre e, agora, nada. André vagou pela varanda sentindo sua falta. Assobiou. Se o cachorro pretendia simular alguma fidelidade canina, esperando ser resgatado por ele, deveria recebê-lo de manhã na varanda. Nada. Deu mais alguns passos na varanda, então deu um pulo ao sentir um crunch sob os pés descalços. Porra! Temeu descer o olhar e ver um inseto. Ou o pica-pau morto. Não. Sob seus pés viu apenas um raminho que irrompia entre rachaduras do chão. A vegetação, irrompendo do nada. Preenchia as frestas em silêncio. Insistia. Alongava-se. Invadia portas abertas, abria portas fechadas, batia em janelas. Devorava tudo o que permanecia estático, tirava tudo do lugar. Se ele ficasse lá, enraizado, também seria consumido. Deu as costas para toda aquela natureza.

Voltou à cozinha para lavar o prato de ontem, os copos de ontem. Copos, pratos e restos de alimentos certamente atrairiam coisas piores para dentro da casa. Abriu a geladeira, checou a despensa, nada de café da manhã. Só os twix, kit-kats e lindts que a mãe comprara milênios antes para não ter de fazer sobremesa. Os chocolates são para sempre. Pegou um lindt ao leite com avelãs. Estava seco e esbranquiçado. Pôs a água do café para ferver.

Ouviu ao longe o celular tocar. Na sala. Com sorte era a irmã avisando que estava saindo — e que ainda demoraria uma hora para chegar. Quem sabe não era a ex, perguntando se ele estava melhor, se ainda queria que ela fosse até lá. Encontrou o celular na poltrona, próximo à lareira apagada. Olhou no visor: merda...

"Andy, você está dormindo?", era o guitarrista de uma banda com a qual ele às vezes cantava.

"Não, já acordei faz um tempo... Tudo bem?"

"Esqueceu o nosso ensaio? Onde você está?"

"Putz," acabava de se lembrar que esquecera, "cara, estou na casa da minha mãe. Foi mal, mas eu tive de vir. Ela... Bom, minha mãe se matou..."

"Eu sei, Andy. A gente conversou sobre isso semana passada, lembra?"

"Claro. Pois é, então... Eu tive de vir pra cá, a gente está se desfazendo das coisas pra vender a casa."

"Cara, mas podia ter avisado. A gente marcou esse ensaio faz tempo. Tem aquele show do casamento hoje de noite, lembra?"

Puta merda. O show do casamento. Quando ele aceitou, no turbilhão de notícias da morte da mãe, achou que poderia ser bom. Colocar a cabeça no lugar, o trabalho no lugar. Era um trabalho, uma graninha razoável, embora só fosse cantar covers e fazer o povo coxinha dançar. Agora a grana não faria diferença e ele não tinha a menor cabeça para aquela bangolice. Bom, ele havia acabado de perder a mãe, era uma boa desculpa; André já tinha dado todo o tipo de desculpas, é verdade, perdido dúzias de compromissos como aquele, mas *agora* tinha motivos palpáveis. "Tem tanta coisa acontecendo por aqui. Não vai dar mesmo para eu ir a esse ensaio..."

"Bem...", o guitarrista bufou do outro lado, "eu já imaginava. Tentei te ligar ontem o dia todo, mas só dava caixa postal."

"Hum... É que o sinal aqui é meio ruim. Vai e vem." Isso era verdade.

"Então coloco sua prima no seu lugar, né? É isso? Já tava preparado e a deixei de sobreaviso."

A "prima" dele. Nem era assim, tão prima, parentesco distante — prima de um primo por parte de pai. Aproximara-se do "famoso parente cantor" quando ela também começou a cantar. André a apresentara à banda numa fase em que mal conseguia ficar de pé, e ela assumira grande parte dos shows porque era gostosa e disciplinada, embora não tivesse lá grande voz. Nem sabia muito cantar, mas era gostosa. Quem precisa realmente de voz e técnica para cantar rock? Ele sabia bem como seu talento era menosprezado. Na sua falta, qualquer guitarrista um pouco mais desinibido poderia assumir o microfone. Melhor ainda, qualquer gostosa com estilo. Nesse país, só as mulheres podem ter estilo. Quando ele era mais jovem, podia ao menos dizer que também tinha a beleza a seu favor. Beleza e estilo. Estilo e tatuagens. Claro, o mínimo que um rockstar precisa ter em qualquer lugar do mundo. Agora já estava passado, a voz não era a mesma, e até seu nome, que poderia atrair antigos fãs, já tinha uma associação mais negativa, de alguém que não cumpre os compromissos. Ou que quando sobe no palco está chapado demais, ou sem energia. Ou ambos. Antes de tudo, precisava cuidar do corpo, que a cabeça entraria no lugar.

"Eu não estou furando com vocês porque eu quero; minha mãe se matou..." Ele se justificava.

"Eu sei, Andy. Olha, cuida aí das coisas. A gente faz o show sem problemas com a tua prima. Quando você tiver resolvido tudo a gente volta a conversar."

Ahhh, "voltam a conversar", não necessariamente voltam a tocar juntos. O cara achava o quê, que André ficaria de luto para sempre? Que sua vida havia acabado junto da mãe e que agora a ladeira abaixo só ficava mais íngreme, num carrinho de rolimã sem freio?

"Bom, o show não é hoje de noite, meio tarde? De repente eu consigo ir."

"Cara, a gente vai ensaiar, almoçar e vai. É longe, a gente pega estrada..."

"Ah, eu sei. Mas é caminho daqui, aliás. Tô no quilômetro 59. De repente vocês passam aqui e a gente vai direto, que tal? Tipo final da tarde?"

"A gente vai sair no máximo às quatro."

"Bom, me dá uma ligada quando tiverem saindo? Se eu estiver já terminando aqui posso ir com vocês... Eu sei esse repertório de cor. Você sabe que não preciso de ensaio."

Mais suspiros do outro lado. André na verdade não queria ir, só precisava dar a impressão de que queria. Precisava mostrar que o trabalho era importante, mesmo cuidando dos restos da mãe morta. Precisava mostrar que não era negligente, que se importava.

"Tá... É meio chato deixar a mina assim, no vácuo. É trabalho, né? E ela topou em cima da hora te substituir. Mas vou falar com ela, depois te ligo."

"Valeu, cara. Não vou mais te deixar na mão."

Desligou. E antes que pudesse depositar o celular sobre a cornija, ouviu-o apitando novamente.

Mensagem: "Sua conta com vencimento em 01/07 ainda não foi paga. Mande mensagem para *86 e receba o código de barras."

Típico. Mas ao menos com essas coisas ele não tinha de se preocupar agora. Que se acumulassem as contas; ele tinha uma herança a receber.

Voltou à cozinha. A água já fervendo. Não sabia ao certo quanto tinha de colocar de pó de café naquele coador de pano da mãe. Colocou até a boca. Para quem já misturou cocaína-taurina-anfetamina, nenhum café seria forte demais.

Então o sino no portão da casa tocou. A irmã chegava.

"Me ajuda aqui com a comida no carro", a irmã pediu quando ele foi recebê-la no portão. Ele colocara seus óculos escuros para garantir olhos confiantes. A irmã também veio de óculos. Deu um beijo no seu rosto e perguntou: "Está tudo bem?", tentando enxergar a verdadeira situação de André por trás das lentes.

"Por que tudo isso?", perguntava ele enquanto descarregava o carro, levando pacotes e mais pacotes para a cozinha.

"Bom, a gente tinha de oferecer alguma coisa, não é? O pessoal está pegando estrada para vir..."

"Está pegando estrada para vir rapinar a casa; não é nenhum favor. Quem vem afinal?"

A irmã falou das tias, das amigas da mãe. Seu marido estava trabalhando e não viriam seus filhos. Viriam alguns amigos dela, um primo, todos até a casa para escolher o que levar dos livros da mãe, as roupas da mãe, alguns móveis. Era o ritual que a mãe quisera, um ritual com objetivos práticos. Não salvar uma alma, não exorcizar um fantasma, apenas limpar a casa. Parentes e amigos ajudariam, e se beneficiariam disso.

André colocou as comidas na geladeira — rondelli de ricota com nozes, filé ao molho mostarda, cuscuz marroquino, pistaches, queijos e torradas —, depois a irmã pediu que ele a ajudasse com os quadros.

"Quero já levar meus quadros para o carro, para depois não ter aquele constrangimento de 'esse eu queria para mim', 'esse eu já escolhi'. O pessoal leva os que a gente deixar."

Foram andando pelos cômodos, ela olhando para as paredes. Procurando atrás de estantes os quadros que há muito já haviam sido pousados, pela proliferação das estantes de livros. Apontando para um ou outro. "Esse... Esse também. Você já separou algum para você?"

André balançou a cabeça. Não tinha como levar aqueles quadros. Os quadros pintados pelo pai. André até tinha, tivera, tinha algumas gravuras, mas não estava certo de onde estavam. Na casa de algum amigo, uma ou outra encostada no canto da quitinete. Perdida para sempre. Faltava-lhe parede.

André tirou para a irmã o retrato a óleo do suicídio de Ofélia, que ficava no quarto de hóspedes. Notou uma pequena mancha de umidade atrás, na parede. Vinha da casa. Ou do quarto. A casa expelindo o quadro. A casa da mãe rejeitando as obras do pai como um corpo nocivo. "Vamos lá, tire essa Ofélia daqui", a casa dissera à mãe. "No lugar você poderá colocar uma estante com as obras completas de Shakespeare, e Proust... a Biblioteca do Escoteiro Mirim, que seja."

"André...", a irmã o chamava da sala. Ele foi até ela. "Aquela gravura medonha da morte cavalgando ficou com você há uns anos, não ficou?", perguntou ela. André assentiu. Era um dos quadros que ele não tinha certeza de onde ficaram. A raiz gótica do pai que se comunicava com a dele própria. "Bom, vou levar esse aqui também... Você não quer pegar nenhum mesmo?", disse ela apontando para uma figura feminina. "Sabe que esse aqui é a mamãe, não é? Papai se baseou nela."

Sim, André já ouvira isso, só não tinha certeza de que era verdade. Seu pai tivera tantas mulheres, e suas mulheres-musas-figuras eram tão genéricas...

"Se você quiser, pode até vender alguns desses, devem dar uma graninha. Mas esse, se você não quiser levar para sua casa, eu queria guardar", prosseguia a irmã.

Por ele, tudo bem. Não tinha mais espaço na sua vida para os restos do pai. Ajudou a irmã levando os quadros grandes e pesados até o carro dela. Para isso ele ainda servia. Para isso, ele ainda era necessário para a irmã, como homem, para carregar peso. Os quadros eram grandes e pesados, ainda assim cabiam no porta-malas do carro. Não lhe causava inveja. Ele não sabia dirigir, nem saberia dizer qual era o nome daquele carro. Não entendia nem se importava com marcas em geral, e isso era tudo o que ela fazia: era publicitária. E ele pensava de que maneira torta ela poderia ser considerada a filha bem-sucedida.

Sua mãe não se orgulhara, ele tinha certeza. A filha primogênita de uma escritora com um artista plástico anunciou que prestaria publicidade — só não era a perfeita ovelha negra porque a mãe respeitaria quaisquer que fossem as escolhas de seus filhos. Mas não se orgulhara — ah, disso ele tinha certeza, não se orgulhara. Já ele nem prestara vestibular. E quando a irmã, três anos mais velha, ainda trabalhava sem remuneração como estagiária numa agência, ele já começava a fazer sucesso como cantor. Orgulho da mamãe.

Agora, onde estavam? Na cozinha. "Fiz café", avisou, para enfatizar que já acordara havia certo tempo, estava desperto, fazia sua parte na recepção da casa. Eles se sentaram à mesa da cozinha e ela tirou os óculos escuros. Ele pestanejou um pouco, e também teve de tirar os seus, torcendo para já ter se livrado do olhar de cachaça da noite anterior. O olhar de ressaca amanhecida. A irmã torceu o rosto bebendo o café. "Brrrr, que é isso, petróleo?"

"Está ruim?" Ele não saberia avaliar. Nunca gostou de café, na verdade, bebia só pelo efeito, algum efeito. O que ele não bebia-fumava-engolia só pelo efeito que prometia provocar?

"Está forte." Ela deu mais um gole. "Forte demais."
E foi virando colheres e colheres de açúcar. André bebia
o seu puro. Não precisava das calorias desnecessárias.

Quando a irmã finalmente conseguiu beber, segurou a mão dele. "Você vai precisar se cuidar agora,
André. A mamãe não está mais aqui." É. Ela não
estava, deveria ser óbvio, mas naquela casa, com aqueles restos, de fato era necessário se lembrar. "Precisa
encontrar seu rumo."

"As coisas estão andando. Sério."

"Como foi a noite ontem aqui? Ai... Não entendi
direito por que você quis vir antes, sozinho..."

"Era a última chance, né?"

A irmã sorriu afetuosamente para ele. Ele pensou
se ela realmente tinha algum afeto por ele. Pensou se
ele mesmo tinha algum afeto genuíno por ela. Pensou
se ela tinha as mesmas dúvidas. E como poderiam ter
algum afeto genuíno nutrindo tanto desprezo pelas
escolhas que cada um tomara na vida? E por que
deveriam ter qualquer afeto genuíno só pelo fato de
pertencerem à mesma família — algo de tribo-alcateia-
bando-manada-colmeia?

"Como está sua namorada, aquela..."

Aquela — qualquer que fosse que a irmã se lembrasse — já era passado. "A gente terminou. Tranquilo.
Estou mais focado no trabalho."

A irmã lhe lançou um olhar incrédulo.

"Sério. Tenho até show hoje de noite."

"Hoje? Que bom. Onde vai ser?"

Ele apenas abanou a mão, dizendo que não era importante. Ela não iria assistir, de todo modo, e ele não tinha orgulho de dizer que ia cantar num casamento. A irmã deve ter interpretado como se não fosse realmente verdade. E não era realmente verdade. Ele não iria cantar mesmo naquela noite. Seu amigo ainda nem ligara de volta. Mas ele estava se cuidando. Ou iria. Ele iria se cuidar.

"O dinheiro da mamãe já vai entrar na nossa conta. Precisamos dar uma olhada direito em como vai funcionar a coisa dos direitos autorais. Tenho uma amiga que pode ajudar nisso. E depois, com a venda desta casa, você vai ter uma boa segurança para arrumar sua vida, comprar seu espaço..."

Ele sabia disso. Vinha bem a calhar.

"Mas não é nenhuma fortuna. Não vai durar para sempre. Você precisa investir bem. Você já ganhou um bom dinheiro antes, torrou tudo. Agora você não é mais moleque, está chegando aos quarenta..."

"Então não me trate como moleque! Eu sei o que fazer."

Ficaram em silêncio um tempo. Ele flagrou os olhos dela, baixos, enrugados. Sua irmã certamente não abusara um décimo do que ele abusara da vida, e ainda assim tinha mais rugas, apenas por ser poucos anos mais velha. A praga da genética, não havia como escapar. Bem, pelo menos ela podia usar maquiagem; ele reparava no rímel levemente borrado.

"Não vou falar mais nada", a irmã continuava a falar, "mas você sabe que aquele emprego que..."

"Eu sei." Trabalhar com o cunhado. Todo aquele papo-padrão de quem não acredita que é possível sobreviver como artista. Sobreviver da arte. "Eu sou músico. Será que não dá para você respeitar isso?"

A irmã publicitária. Para ela, a arte era só uma trapaça para vender carros. Ou só uma distração para ocupar momentos de ócio. Escutava Norah Jones quando estava parada no trânsito. Conferia o último filme do Woody Allen. Até lia Jennifer Egan antes de dormir. Mas era só um passatempo — quando sobrava tempo em uma rotina estressante, frenética, neurótica de publicitária-esposa-mãe. Trabalho de verdade. Para ela, o irmão queria viver exclusivamente do que se deve reservar apenas às madrugadas de sábado.

"Tá, não vou falar mais", ela prosseguia, "mas não se esquece de como terminou o papai."

Terminou morto, como todos nós. A verdadeira maldição hereditária. Ia caindo das paredes como folhas de uma brochura antiga. O tempo derruba tudo, até páginas e gravuras.

"E como terminou a mãe?", ele argumentou. "Com essa casa, uma obra e uma vida de que se orgulhar. Não se esqueça de que ela também foi artista."

"É diferente. Mamãe era escritora. E de família rica..." E deixava no ar entre eles um "Então nós dois também somos." Mas a verdade é que ficaram com a herança da herança — e André viveria dos restos da mãe? Esse era o cerne da discussão.

"Se quer me ajudar, arrume mais daqueles jingles para mim, pode até ser locução. Você sabe que eu não sou esnobe com trabalho — porra, canto até em casamento. Mas não vou me trancar num escritório doze horas por dia. Esse não sou eu."

Não era ele. Ele era um cantor que não cantava. Um astro que não brilhava. Poderia ser algo mais? Naquele ponto, em sua idade, como poderia se reinventar? Já não fora longe demais para voltar atrás? Como seguir em frente? Seria possível cortar o cabelo, apagar as tatuagens, esquecer o passado e se renegar? Afinal, alguém se lembrava? Alguém lembrava o quanto ele fora "promissor"? Ainda tinha a chance de começar de novo, começar do zero; valeria a pena simplesmente deixar de lado o que conquistara — o que conquistara? — e investir numa nova carreira? Apenas um trabalho. Contentar-se em ser ninguém.

Dessa vez a irmã só fez sinal de zíper nos lábios; não tinha mais nada a acrescentar. Mudou de assunto. "Vem. As cinzas dela ainda estão no carro."

"Por que você trouxe as cinzas?!", questionou André, abismado, enquanto seguiam para o carro. "Vai dar punhados de lembrança para quem vier hoje?"

"Hohoho, como você é pioso", caçoou a irmã, pegando a urna do banco do passageiro. Ela seguiu de volta para casa, com André no seu pé, comportando-se de fato como o caçula atrás da irmã mais velha.

"Sério, o que você vai fazer com isso aí?"

A irmã já ia para a varanda e postava-se de frente para o mato. "Era aqui que ela queria ficar, não é? Vamos dispersar as cinzas."

André olhou para as árvores, para a irmã. "São só cinzas. Se ela quisesse mesmo ficar aqui, teria pedido para ser *enterrada* no terreno."

A irmã fez uma careta. "Isso é ilegal. Você não pode enterrar um corpo no quintal de casa, só jogar as cinzas."

"Mas... Eca, a gente está vendendo o terreno!"

A irmã franziu a testa. "E daí? A gente não está enterrando um corpo no terreno, é o que você mesmo disse, são só cinzas."

"Exato, a gente vai dispersar as cinzas dela para uma casa... que nem vai ser mais dela... Ela vai ficar com os novos moradores. Você não viu *Beetlejuice*?!"

A irmã riu. "André, não viaja." Por mais diferentes que fossem, eles eram irmãos, tinham um repertório em comum.

André a viu tirando a tampa e olhando para o interior da urna. Ele também deu uma espiada. Cinzas. Pensavam em como fariam. Deviam proferir algum discurso, alguma prece? Eles eram ateus, a mãe fora ateia. De repente ler um trecho de algum livro escrito por ela? Botar o disco favorito da mãe para tocar? Arremessar a urna com toda a força, para que se partisse contra alguma árvore e se espalhasse em caquinhos pela vegetação? A irmã deu de ombros e foi virando a urna, sacudindo, tentando de cima da sacada espalhar as cinzas de maneira uniforme pelo mato abaixo. "Quer fazer um pouco?"

André também deu de ombros e pegou a urna. Voltou-se para o mato. Lembrou-se do pássaro seco. Pica-pau morto. Pensou em quantos restos de vida havia lá. Caracóis, tatuzinhos, nematelmintos. Reduzidos a pó, a pasta, a cinzas. Multiplicados em brotos, em ramos, em fotossíntese. "Acha que há outros lá?", ele perguntou à irmã. "Outros corpos, digo, cinzas, de outras famílias..."

A irmã olhou para a frente como que tentando visualizar para onde, de onde, do que ele falava. "Outros corpos no terreno?"

"Outras cinzas, estou dizendo. A gente pode não ter sido os primeiros."

"André...", ela olhou para ele, como fazia desde que eram pequenos, enfatizando como ele só dizia besteira. "Mamãe construiu esta casa; não havia nada aqui antes. Ninguém nunca morou aqui."

"Sim, eu sei, mas antes de antes. Em algum ponto deve ter tido uma casa, sei lá..."

"Acha o quê, que houve uma casa e foi demolida, zerada? E deixaram simplesmente o terreno para o mato tomar conta? Aqui, no meio do nada? Acha que estamos num país com milênios de história e aqui antigamente pode ter havido uma civilização perdida, uma grande cidade?"

André pensou bem naquilo. É, fazia sentido, não fazia sentido. Mas... se aquelas árvores, tudo aquilo além da casa sempre estivera ali... então a casa é que invadia. A casa roubava o espaço da natureza e lhe trazia mais uma morte como se fosse a primeira. Primeira morte humana, ao menos. "E os índios? De repente isso aqui era um terreno indígena e... de repente tem até um cemitério indígena lá embaixo..."

97

A irmã fez mais uma careta e se esticou para tirar a urna das mãos dele.

"Não. Deixa, deixa que eu vou fazer", ele insistiu. Pegou a urna para sacudir, mas foi no momento de uma lufada de vento. A mãe voltou em cinzas, cobrindo-o e fazendo-o tossir.

"Dá aqui, deixa que eu faço", disse a irmã mais velha como se fosse muito mais experiente naquele ritual e o irmão estivesse estragando tudo.

André continuou tossindo, tentando espanar as cinzas da mãe da camiseta, cabelo e rosto. "Er... Será que isso aí não é tóxico?", perguntou.

"Que tóxico. São só cinzas."

É. André já fumara, aspirara, engolira tanta coisa pior. Intoxicar-se com as cinzas da mãe era o de menos. André se perguntava se não ia fazer mal ao mato. Não achava que aquelas cinzas secas funcionariam de adubo. A irmã deu as últimas sacudidas, bateu no fundo da urna e deu o ritual por encerrado. "Será que a gente não devia ter colocado alguma música? Dito algumas palavras?"

André torceu a boca e balançou a cabeça, espanando o resto das cinzas da roupa. Já haviam tido o funeral, agora tinham a dispersão das cinzas, a doação dos bens; já era ritual demais para uma família abandonada por deus.

"Afe, que coisa fedida é essa?", perguntou a irmã tirando a tigela da geladeira, abrindo a tampa plástica e cheirando o coração.

"Ah, é um coração para o cachorro, a empregada deixou. Aliás, ainda não o vi hoje. Onde será que está?"

A irmã colocou a tigela de volta rapidamente, como se o coração ameaçasse pulsar vivo em suas mãos. "Devem estar deprimidos num canto. São três?", perguntou a irmã.

"Quase uma e meia", André respondeu, esticando o rosto e vendo o relógio da mãe bater na parede da sala.

A irmã riu. "Estou falando dos cachorros! Não são três?"

"Hum, que eu saiba é só um", ele respondeu.

"Não. Mamãe costumava pegar vários da rua, não lembra? Que ela encontrava abandonados. Na última vez que eu vim aqui eram três ou quatro."

"Bom, ontem só tinha um. A empregada até perguntou se eu iria ficar com ele. A mãe já deve ter dado os outros."

Aquilo fazia sentido. Aquilo não fazia sentido. Como ela acabou com a própria vida, sem cuidar antes do destino dos cachorros? Por que deixaria um, só um? Por que deixaria algum para trás?

"Bom, você podia ficar com ele, hein? Parece ser um cachorro bonzinho, e vai ser bom para o moleque, agora que você está com a pequena. Vai ser bom para distraí-lo. Todo menino precisa de um cachorro."

A irmã continuava revirando a geladeira, os armários; vendo o que poderia ser servido aos convidados além do que trouxera, verificando onde servir.

"Deus me livre, duas crianças em casa já é demais."

A irmã tinha marido, filhos, uma casa, família, só lhe faltava um cão. Desde que nasceu a pequena, o moleque de sete anos ficou impossível. Era bom que sua irmã tivesse cuidado daquilo, de dar continuidade à família, porque para André seria difícil, embora não pudesse assegurar cem por cento que não havia algum filho seu perdido por aí. Lembrou-se de como desdenhara aquela possibilidade tradicional de vida. Como observara com sarcasmo os amigos de infância, os colegas de escola que aos vinte e poucos anos já estavam casados, limitados, carecas e barrigudos, enclausurados em escritórios para comprar as fraldas dos filhos. Ele seria eternamente livre — e sua barriga cresceria infértil com o tempo, sem ter ele real função diante de sobrinhos. Foi bom que a mãe tenha estado viva para ver os netos, ainda que nunca tenha dado muita atenção a eles. Ela era uma reclusa, um estereótipo de velha escritora. Mas ainda tinha os cachorros, como parte do estereótipo. Talvez a existência dos netos tenha dado a ela mais segurança para se matar. Tarefa cumprida. Uma nova geração para ocupar o seu lugar.

"O prédio nem permite animais", continuou a irmã. "*Você* deveria ficar com o cachorro."

Ficar com o cachorro. Talvez por isso a mãe o deixara para trás. Talvez fizesse parte da herança e ele teria mesmo que levá-lo para casa. "Meu filho André só poderá receber sua parte se aceitar cuidar do cachorro", diria uma cláusula do testamento. Faria isso pelo bem do filho, pelo mal do cachorro. Daria um bom livro, ou um bom livro ruim. Daria até um roteiro de Hollywood. O rockstar junkie deprimido que adota um cachorro e redescobre o prazer de viver. Já não existia algo assim? *Marley e eu* era sobre isso? Ou *Beethoven?* O rockstar que descobre a música clássica... Não existia também o roteiro de um junkie deprimido que cria um abrigo para cães e passa a se alimentar de todos os animais que são deixados lá? Tinha mais a cara dele. Bem, um rockstar bem-sucedido certamente seria vegetariano. Só comeria orgânicos, se pudesse se dar ao luxo.

"Já tive um iguana, não deu muito certo", disse André.

"Haha, é verdade. Que fim teve ela, ou ele?"

"Ele. Ficou com minha ex. Acabou morrendo."

Naquele momento, André achou que a irmã olhava para o braço dele, onde um rabo de iguana saía de dentro da manga da camiseta e descia pelo antebraço, entre tatuagens de caveiras, bandeiras e uma placa de "proibido estacionar".

"André, que cortes são esses?" Ah, ela reparava em outra coisa.

André olhava os cortes entre as tatuagens no antebraço esquerdo simulando surpresa para tentar tornar mais crível que ele não tinha nada a ver com cortes. Não tinha?

"Ah... Isso? Acho que foi de uma árvore. Aquela árvore na janela do quarto da mãe, sabe? Não dá nem pra fechar a janela..."

"Sei", ela disse revirando os olhos.

"Sério! Tem mesmo! Me arranhei todo ontem tentando empurrar os galhos para fora..."

Ele se apressou em levantar e puxá-la para que visse. Ela não queria ver a árvore. Continuava olhando o braço, talvez o rabo de iguana, as cicatrizes passadas. O irmão tinha muitas outras histórias, muitas outras inventadas. As cicatrizes ficavam. Essa era uma linda recordação que sua imaginação deixava. Ele inventava histórias, as marcas ficavam na carne. Cicatrizes contando histórias. "Tá, tudo bem, eu acredito na árvore", ela assegurou. Voltaram a se sentar à mesa da cozinha.

"Ei, não tem um cigarro?", ele questionou.

"Não fumo há quase dez anos, André, desde que fiquei grávida pela primeira vez. Você não tinha parado?"

Ele deu de ombros. Precisava colocar algo entre os lábios. Todos os prazeres são orais. Estava no quê, na quinta caneca de café? Café é permitido? Bem, é legalizado, e preto-puro como ele tomava não tinha calorias. Mas amarelava os dentes. E fazia algo com sua cabeça. É, café demais fazia algo em sua cabeça, teria de dar um jeito naquilo. Droga, não havia salvação para tudo o que precisava consumir.

"Acho que vou preparar uma caipirinha. Quer?", ele ofereceu.

"São uma e meia, André. Já vai começar a beber?"

"Muito café. Preciso baixar um pouco", ele poderia ter dito. Optou por ser casual. "É almoço de sábado, ué. E posso fazer uma jarra para o pessoal que vem."

"Eles vêm de carro, não podem beber."

"Ah, é cedo. Até o final da tarde já passou. Além disso, não vem todo mundo dirigindo. Tem os caronas."

"Hum... Tá... Faz que eu bebo."

André foi até as cachaças da mãe inspecionar quais serviriam para o drinque. "Tem limão aí?", André gritou para a irmã na cozinha. Ela levou alguns segundos, então respondeu: "Não, mas tem algumas árvores aí fora. Acho que de lima e lichia."

Hum, boa ideia. Caipirinha orgânica, direto do pomar. Isso o fez se lembrar de uma coisa. Voltou à cozinha e se juntou à irmã na porta dos fundos, que dava para o mato.

"E aqueles licores que a mãe fazia? Que enterrava no mato, lembra?", perguntou.

"Ah, lembro. Não tem nenhum lá na sala?"

"Até tem", disse ele olhando para o mato. "Mas será que não ficou nenhum aí fora, enterrado? Você sabe onde ela costumava enterrar?"

A irmã torceu a boca. "Não faço ideia. Mas não deve ser longe da casa. Ela não ia descer lá embaixo para isso."

André pensou se a mãe se dera ao trabalho de desenterrar os licores antes de se matar. Se ao menos se lembraria disso. Poderia ter deixado de presente para os novos moradores, como suas cinzas. E suas cinzas viriam à terra e ajudariam a fermentar o licor enterrado. Licor de mãe.

A irmã olhou para ele. "Você não está pensando em sair cavando à procura do licor, né? Fique com a caipirinha. Pegue aquelas limas, olha, naquela árvore."

O pé de lima estava a poucos passos. A meio metro havia também vasos de ervas. Coentro, hortelã, manjericão. Caipirinha de lima com hortelã, colhida diretamente do quintal, salpicada das cinzas da mãe;

parecia perfeito. "Não, haha, não vou sair cavando por aí, pode deixar."

"Ufa, que alívio. Tinha medo de que você acabasse desenterrando um pajé de cemitério indígena."

André sorriu, caminhando até os vasos de ervas. O sol incidiu sobre ele e ele se sentiu repentinamente, fugazmente, anormalmente feliz. Era coisa do sol, das ervas, do cheiro da terra e da perspectiva de voltar a beber, e logo passou. Mas não deixava de lhe dar esperanças, por saber que ainda podia sentir lampejos de felicidade.

Olhou ao redor, pelo mato. Mato sem cachorro. Onde estava? Chamou, assobiou. Nada. "Esse cachorro sumiu", disse. "Sabe que não parava de latir de madrugada? Será que aconteceu alguma coisa?"

A irmã deu de ombros. Caminhou até ele, ao lado dos vasos. "Qual dessas é hortelã?", perguntou a ela.

"Acho que é essa... Não, essa... Bom, é só cheirar."

Se debruçavam sobre os vasos de ervas tentando farejar os aromas. Coentro na hortelã. Hortelã no manjericão. Uma fragrância contaminava a outra. Para ele, tudo tinha cheiro de mato. "Imagina se a gente descobrisse uns pés de maconha mais pra baixo", disse a irmã.

"Acho que a mãe conseguiria se safar disso. Ela não tinha obrigação de conhecer cada planta lá fora. Podia alegar que estava aí desde os índios."

A irmã riu. "Eu bem que fumaria..."

Ah, sim, ela fumaria. Maconha era coisa a que até uma irmã mais velha publicitária com família constituída podia se permitir. André mesmo nunca gostara muito. Droga lerda. Ah, mas queria tanto encontrar a droga perfeita, e tentara, tentara todas, ou quase. O problema era esse; nada o satisfazia.

Pensou ter encontrado a hortelã. Arrancou alguns ramos. Seguiu para a árvore de lima, logo em frente. Começou a colher as frutas. Ficou atento aos insetos, taturanas, algo a lhe picar. Tinha trauma de infância, das taturanas. Fora um moleque tão urbano, tão *indoor*, tão preso ao videogame, aos brinquedos, nunca desses que brincam na rua, no campo, subindo em árvores. Em uma das únicas vezes que subiu numa árvore, num verão primário, sentiu um estranho ardor no braço e se virou para ver o que era. Três taturanas verdes grudavam-se em seu braço. Ele gritou, paralisado, sem conseguir descer da árvore nem espanar as lagartas para longe. Seu primo, um galho acima, desceu da árvore e as arrancou com um pedaço de pau. "Para de gritar feito retardado", caçoou, e continuou a subir. André desceu meio caindo da árvore, se esfolou todo, e nunca mais subiu. Talvez, depois disso, tenha tomado alguns choques elétricos nos equipamentos de som. Certamente depois disso tivera choques anafiláticos, sangramentos nasais, intoxicações pesadas. Mas disso não ficara trauma. Disso, ele nem se lembrava. Isso ele poderia repetir tantas vezes que perderia o posto de memória pontual.

André e a irmã bebiam caipirinha de lima com hortelã na mesa da cozinha. Ela bebericava timidamente enquanto arrumava as travessas de comida para servir. O copo dele já se esvaziava, e ele tentava frear a sede, o copo, os goles para acompanhar a irmã; era impossível. Desde criança, ela fora a filha contida, equilibrada, parcimoniosa, enquanto ele se esparramava transbordando em exageros. Lembrava-se da páscoa; os ovos da irmã duravam semanas, enquanto ele conseguia terminar com os seus quase no mesmo dia. Num ano, cansado de toda aquela contenção, invadiu o armário da irmã e comeu todos os ovos de chocolate que ela guardava havia semanas. Ele nunca tivera muito autocontrole.

"Ei, acho bom esquentarmos o coração do cachorro", disse ele. "Daí ele aparece."

"Esquentar o coração do cachorro...?", a irmã o olhava como se ele já estivesse bêbado e falando coisas sem sentido.

"De boi, aquele, que está na geladeira...", explicou.

"Ai, não vai fazer aquela coisa fedida agora. Daqui a pouco o povo começa a chegar."

"Por isso mesmo. Depois que o povo chegar é que a gente não vai poder esquentar a comida do cachorro. Ele precisa comer. Melhor fazer isso agora."

Ele se levantou para preparar a comida do cachorro. Bom. Estava tomando as rédeas da casa. Sendo responsável e cuidando das coisas de que nem a mãe nem mesmo a irmã podiam tomar conta. Só esperava que o cachorro não estivesse morto em algum canto do terreno. Tirou a tigela da geladeira e lamentou que a empregada tivesse levado o micro-ondas.

"Vou separar uns livros também, os livros que quero levar. Não quer escolher os seus?", diz a irmã indo para a sala.

"Ah..." ele se juntou a ela, olhando para as estantes, quando o coração já esquentava na panela. "Acho que vou levar só este", disse, puxando a lombada de *O exorcista*.

"Pffff", caçoou a irmã, que nem foi capaz de formular uma chacota. Ela caçava Kafka, Borges, Joyce, Machado, o básico da biblioteca do bom gosto universal. A mãe poderia ter tantas pérolas escondidas, tantos autores esquecidos. Os bons, os originais, aqueles que comunicavam verdades individuais; aqueles que não se comunicavam com a massa e não conseguiram pertencer seriam esquecidos. Os bons serão esquecidos.

Não integrados se desintegrarão. E tantas edições raras, autografadas, fora de catálogo, nenhum dos dois poderia avaliar. "Deve ter alguns livros raros aí. Autografados para ela... Mas é tanta coisa, a gente nunca conseguiria encontrar...", ele elaborou.

"Livro não vale nada mesmo. É tipo latinha de alumínio. Se a gente levasse para um sebo, eles calculariam pelo volume, pelo peso. Estão pouco se fodendo se é autoajuda ou um tesouro da literatura universal", disse a irmã.

"Não estou falando em vender...", André argumentou, "é que a mãe passou a vida acumulando essa biblioteca, montando essa biblioteca, organizando essa biblioteca, e agora o que acontece? Essa biblioteca se dispersa novamente, os livros se separam. Cada um vai para um canto. Muitos se perdem. As leituras, as dedicatórias..."

"Por isso a mamãe disse para a gente chamar os parentes e amigos, para que cada um ficasse com um pouco."

Sim, era isso. E isso era simbólico. André não deveria ser tão materialista, pensou. O que havia em cada um daqueles livros ficaria concentrado num só lugar, numa só mulher, numa mulher que estava pulverizada em cinzas pelo mato lá fora... Nah, o que havia em cada um daqueles livros ficaria concentrado, filtrado, reelaborado na obra de uma mulher. Seus livros e seus filhos. O que havia para ser absorvido naqueles livros fora absorvido por sua mãe, e retrabalhado por ela, em novos livros e ações. Em modo de vida e ensinamentos. Na escolha das plantas e na manutenção do mato. Provavelmente muito da essência daqueles livros já estava contido nele mesmo, mesmo que ele nunca os tivesse lido. Herança maldita. Ele ficaria com *O exorcista*.

"Mas além dos livros... dos móveis...", André pensava no que dizer, já imaginava a resposta da irmã e ouvia o gelo tilintando no copo vazio. A caipirinha o fazia pensar. A caipirinha o tornava mais profundo. A caipirinha o fazia ser quem ele costumava ser antes, era o soro de um doente terminal. "A casa toda. Essa casa é o resultado de um sonho de vida da mãe... E agora? Ela construiu essa casa não faz nem dez anos..."

"Ela construiu essa casa faz onze anos."

André abanou a mão. "Ela construiu essa casa há pouco mais dez anos. A pintura nem descascou, e agora vai para onde, para quem?"

"Agora a casa continua com outra família."

André olhou a irmã, a irmã olhando as lombadas, e sabia que ela entendia o que ele queria dizer. A casa continuaria com outra família, mas seria outra história, outra vida. A vida e os sonhos da mãe seriam interrompidos. Mas, ei, era isso, a mãe havia morrido. Não havia sentido em todo aquele existencialismo bizarro. Aliás, algum existencialismo fazia sentido?

A irmã suspirou. "Eu me arrependo, sim, de não termos vindo mais pra cá." Ah, não era bem por esse pensamento que ele trilhava. "As crianças poderiam ter aproveitado mais. Você se lembra de quando a gente era pequeno? Como a gente sempre passava as férias na casa de praia de algum amigo da mamãe, em alguma casa de campo, fazenda?"

André se lembrava mais nitidamente do que do ano passado. Quando a mãe tinha mais ou menos a idade dele atual, já separada do marido, no auge de sua carreira literária, cercada de amigos boêmios e namorados de ocasião, levando os filhos a tiracolo para viagens nos feriados, no Réveillon. Os adultos ficavam a beber, a fumar e a rir numa mesa pós-jantar, parecendo sempre ter tanto a conversar, em conversas que, para o pequeno André, pareciam tão desinteressantes. As crianças todas eram deixadas umas às outras, com a expectativa de que espelhassem a amizade dos adultos, sem aditivo algum para ajudar nisso. André aos sete, tendo de se tornar amigo instantâneo de um menino de treze, de uma menina de oito, se aproximava mais de um de seis.

"Hoje em dia ninguém mais tem isso. Meus amigos não têm casa de campo para eu levar meus filhos", continuava a irmã. "Acho que nossa geração queimou mesmo todas as economias e heranças de família. A gente viaja e fica em hotel, em pousada. É tão frio e impessoal. Mas não dá pra gente ficar mantendo uma casa de veraneio, né, André? Você não poderia morar aqui, e o dinheiro vai vir a calhar para você. Já é bom a gente saber que a mamãe passou os últimos anos onde queria passar e realizou o sonho de morar no campo. Foi a escolha de vida dela, e a escolha dela terminar assim."

É. Fora escolha dela, e pouca gente pode escolher como terminar a vida. E como morre. A mãe teria de se dar por satisfeita. Não podia querer decidir até como se desintegraria. Para onde o vento levaria suas cinzas. Em que sementes e espécies e famílias sua matéria rebrotaria. Quais lembranças ficariam dela e com quem ficariam seus livros. Em que tom de amarelo suas páginas amarelariam. Mesmo dando por encerrada, não há controle sobre a vida. Dando por encerrada, não há controle sobre o que vem depois. Não há controle, só o acaso, o caos, a sorte, as coincidências e reincidências. Recorrências. Moléculas que se reagrupam para numa fortuidade absurda fazer algo que se dá o sentido da vida. Vida sem sentido. Eram essas escolhas que a mãe ainda tinha.

Já André não enxergava escolha alguma. Não havia forma ideal de morrer, nem de continuar em frente. Ele não tinha um terreno para adubar. Ele não tinha por que insistir nem do que desistir. Não queria escolher. Só torcia pela chance de que algo viesse a seu favor, sem nem saber o quê.

Precisava de mais um café.

Tiê, ou Tulipa, ou Lulina, ou Pethit ecoava indistinto na sala. André revirava-se na cama com a nova MPB fazendo parte de seus pesadelos. Não podia mais. Não conseguia se levantar e afundava-se na cama da mãe buscando o refúgio que não encontrava naquela casa. Não tinha para onde fugir. A casa ia sendo desmontada com risadas e rangidos, relinchos e ruídos de talheres jogados nos pratos, móveis empurrados. Familiares e amigos estavam lá, depenando a casa da mãe. Ele estava jogado na cama, derrubado pela bebida e pela vida. Não podia mais.

"Como está meu sobrinho mais famoso?", disse a primeira tia que chegou à casa, quando a caipirinha ainda estava no efeito positivo do entusiasmo e do humor sobre ele e ele caminhava sobre as próprias pernas — em duas patas. Ela teria puxado sua bochecha se ele fosse mais novo, se ele ainda fosse novo e correspondesse à imagem de um sobrinho que poderia ter a bochecha apertada. Agora, mesmo para a tia velha, ele devia parecer abatido e desgastado, a ponto de ela achar um pouco ridículo tratar o sobrinho como criança. Com a velhice, as distâncias entre gerações diminuem. Agora ele era mais do que adulto, como ela. E não havia nada de terno, nada de beliscável. Apenas continuava sendo "o sobrinho mais famoso" porque não havia mais ninguém famoso na família — além da mãe... a mãe morta... se é que algum escritor é realmente famoso em vida.

Chegara a tia, algumas amigas da irmã, e começavam a revirar os livros, os discos. Ele tentava fazer as vezes de anfitrião, oferecendo a jarra de caipirinha, ajudando a irmã a levar as travessas de comida para a mesa na varanda. Mas aquela casa não era sua. Aquela casa não era de ninguém. E era muita hipocrisia querer que alguém se sentisse "em casa". Aquela era uma casa semivirgem de uma mulher morta. Com muito pouca história, quase nada de história, e uma história que já terminava, sendo arrancada pedaço a pedaço. Faltava estofo. Faltava energia. Faltava ânimo para que ele se assumisse como filho, como órfão, e tivesse alguma importância, autoridade ou força naquele lugar. Não fazia diferença para ninguém que ele estivesse lá para receber. Cada um levaria seu pedaço, sem cerimônia.

"Ai, adoro esse menino", dizia uma mulher que André não conseguia precisar exatamente quem era sobre algum novo cantor que ela encontrava entre os discos da mãe. O cantor da vez. Música de paisagem, dessas que não agridem ninguém e combinam com a decoração enquanto todos comem, riem, falam alto e só captam um refrão inofensivo. Ele nunca seria assim. Seu mundo não era assim. Era incapaz de passar as mensagens otimistas em melodias assobiáveis que as pessoas querem ouvir. O que ele tinha a dizer era o que as pessoas não queriam saber. Era a verdade. Sua música nunca faria parte de almoços em família. Bem... sua música não faria parte de jantares entre amigos, de baladas com desconhecidos, aulas de academia, fones de adolescentes. Sua música não faria mais parte de momento algum da vida de ninguém. Ao que parecia, sua música era algo que só tocava dentro de sua própria cabeça.

"Você é roqueiro?", perguntara uma caixa de supermercado enquanto passava seus produtos, olhava suas tatuagens, seu cabelo comprido e sua idade avançada. Com aquelas tatuagens, aquele cabelo, naquela idade, só poderia ser um profissional. Aquele cabelo, aquele visual de adolescente num homem já formado... precisava ter uma boa desculpa.

"Sou... guitarrista", mentira ele, querendo simular algum talento tangível. Assumir-se cantor sem ser conhecido era se assumir como fracassado.

"Que bacana. Que tipo de rock, metal?"

Ele oscilou com a cabeça. Como explicar a uma caixa de supermercado? O que era afinal rock alternativo? A caixa não o deixou pestanejar. "Eu adoro rock, Skank, Paralamas", e seguiu com uma lista de bandas que, como sempre, flertavam mais com o reggae. Sons ensolarados. Não, ela não entenderia. Ninguém entenderia. Como explicar o que era ROCK em si neste país? Ele se concentrou em embalar seus produtos, passar o cartão, digitar a senha.

"Está dando não autorizado", disse a caixa.

Agora André estava caído na cama da mãe, com a casa cheia ao redor, sem ter para onde fugir, mas com todos acostumados com o sobrinho drogado, alcoólatra, decadente, imaturo. Um costume que não lhe trazia nada de bom, nada de aconchego, segurança, amparo, solidariedade, só fazia os familiares revirarem os olhares em "tsc, tsc". Nem bebera tanto assim... Bebera tanto assim? Não, estava acostumado. Estava acostumado a beber muito mais e agora foram três, quatro, ainda que meia dúzia de caipirinhas, não tanto assim. Devia ser toda a carga emocional. Devia ser toda a força da casa. A força da cachaça artesanal, da lima do jardim, da lima orgânica... a culpa era da lima, da hortelã, das cinzas da mãe e de muitas frustrações acumuladas. Os familiares inclinados a lhe reprovar, e ele incapaz de deixá-los na mão. Incapaz. Num determinado ponto, já não conseguia manter mais a conversa, o papo-aranha, a sociabilidade hipócrita, enrolava a língua e lamentava o álcool que o fazia ser quem era e o fazia não ser mais ninguém.

"André...", a irmã o cutucava na cama, "André, por favor, não dê vexame assim..."

"Me deixe aqui, não tô passando bem."

Ele quase podia ouvir os olhos da irmã se revirando em reprovação. "Bom, o pessoal vai ter de entrar aqui no quarto também. Minhas amigas querem ver as roupas da mamãe e tem os livros todos..."

André não podia responder e nem podia se importar. Sim, o melhor era que ele se levantasse, sorrisse, conversasse ou ao menos se sentasse numa cadeira e escondesse o estado em que estava. Mas não era capaz. Incapaz. Estava num estado em que não se importava mais. Deitaria na cama mesmo que a casa pegasse fogo, a cama pegasse fogo, o mundo se abrisse no Inferno.

A irmã saiu bufando, mas ele logo a ouviu sorridente na porta do quarto, recepcionando as amigas. "Vem ver esse vestido, menina, é a su-a ca-ra!"

E ele ouvia meninas entrando no quarto, se desculpando com ele enquanto ele cobria o rosto com o edredom, depois rindo alto no closet logo ao lado, abrindo armários, deixando o cheiro de mofo, de roupas guardadas por tanto tempo se espalhar. Comentavam sobre as roupas incríveis e as roupas tão démodé e como aquela deveria cair direitinho, e como aquela talvez ficasse pequena. André não tinha para onde fugir.

Mas para isso ainda servia o álcool. Logo ele deixou de ter consciência sobre os risos e relinchos à sua volta, e tudo fez parte de seus sonhos. Pesadelos. A música ao redor, as conversas e risadas só revelavam o que ele não podia ouvir. Revelavam o que ficava de fora, à espreita, em silêncio. A casa cercada. Por todos os lados, o mato, sibilando em fotossíntese. Crescendo segundo a segundo, centímetro a centímetro, absorvendo toda a vida que colocava os pés sobre o solo, as patas na terra.

Trepadeiras trepavam, brotos brotavam, cipós se enrolavam e o verde esbanjava uma saúde que não deveria existir em todo aquele que está prestes a morrer. Ao contrário dos animais, o verde jamais morreria. A natureza era plena em seu verde, firme e verdadeira, sem pestanejos. No mato, ela não vacilava, não murchava e não se diluía; o único inimigo da natureza não era o homem, era o não natural. O artificial era o trunfo do homem, era sua vingança. Era sua bomba kamikaze em garrafa pet dizendo: "Se eu não posso ter a vida, ninguém mais a terá!" E ninguém mais a teria.

O artificial é um trunfo do animal-humano. É sua vingança não degradável.

Sim, por isso estavam todos lá, os animais. Os animais que sobravam reuniam-se dentro da casa e serviam-se uns dos outros regados a caipirinha de lima. Não podiam sair. Grasnavam apavorados. Batiam asas de um lado para outro como um pica-pau trancado. Um copo vindo ao chão o fazia comprovar: seguravam os copos com seus cascos. Zuniam histéricos. Devorariam primeiro os animais congelados, animais assados, comeriam todos os restos que restavam pela casa. Com o tempo, se não fossem resgatados, os mantimentos começariam a rarear. Revirariam a despensa, aceitariam o carpaccio vencido, se cutucariam mutuamente, para ver quem tinha mais carne.

E, lá fora, o mato esperava. Poderia ser qualificado de paciente, porém André preferia chamá-lo de lerdo. "Lerdo, lerdo, venha me pegar." A natureza era de uma lerdeza cruel e constante. E lentamente avançava em rachaduras no chão, mofo nos armários, galhos pela janela aberta.

"André... André...", a irmã o trazia à tona novamente "Já foi todo mundo embora. Eu estou saindo daqui a pouquinho."

Ele se remexeu um pouco na cama, absorvendo a realidade. A casa em silêncio. As cigarras zumbindo novamente lá fora. Uma onda de pânico passou por ele — todos foram embora, sua família e amigos, seu último contato com eles terminava assim, caído na cama, impossibilitado de aproveitar e impossibilitado de estender aquelas relações para novas oportunidades. Ele estava sozinho, como uma criança que não consegue permanecer acordada para o Réveillon. Não fora capaz de sedimentar laços sólidos com os amigos da mãe, os amigos da irmã, a família materna, tudo o que tinha. Começavam agora os solitários anos da velhice — todas as conquistas e prazeres ficavam para trás. E ele nem havia filado um cigarro. Mas era só uma onda, uma onda química, ele sabia como funcionava; esforçou-se para freá-la dentro do cérebro e concentrar-se só no passo seguinte.

A irmã saíra do quarto. Ele sentou-se na cama e viu o quarto na penumbra. Já era noite. Melhor voltar com a irmã para a cidade e retomar sua vida. Ele a escutou tilintando ao longe, talvez recolhendo pratos, talvez lavando pratos, talvez levando pratos e copos já limpos para o carro.

Não... Ele devia ficar lá mais um pouco. Era tudo o que sobrara. Sabia que, se saísse, quando saísse, se saísse daquela casa, nunca mais voltaria. Aquela era a sua última olhada no cadáver da mãe, e de sua antiga vida. Aquela era a sua última olhada no seu cadáver de menino. Depois disso, a velhice.

"André...", a irmã voltava ao quarto e a ele, que voltava aos lençóis. "André... levanta. Você não vem comigo?"

Não. Ele não estava preparado para pegar a estrada, a realidade, o mundo dos acordados. "Eu vou ficar aqui."

A irmã bufou. Mesmo de olhos fechados. Sabia que ela o observava deitado e que pensava no que dizer. "Vai nada; o que vai ficar fazendo sozinho nesta casa? Levanta daí."

"Eu..." Ele se virou e olhou para ela, ainda deitado. "Preciso dar comida pro cachorro..."

"Você já deu comida pro cachorro, esqueceu? Aquele coração fedido."

Testou os olhos sonolentos na penumbra. Piscou. "Mas e amanhã?"

A irmã abriu os braços. "O que tem amanhã?"

O amanhã não tem nada, nada. Era esse o ponto. "O cachorro precisa comer todos os dias...", argumentou.

"A empregada mora aqui do lado, André. Você sabe. Não foi ela quem deu comida para ele todos esses dias? Vai, levanta daí. Deixa de bobeira."

André apenas se virou e afundou o rosto novamente no travesseiro. Quem dera pudesse ainda sentir o perfume do amaciante — agora provavelmente o perfume já estava nele e não seria mais reconhecido como cheiro externo, como perfume, não seria reconhecido, absorvido, nada mais a comunicar. André se virou para o outro lado e afundou-se ainda mais. Quem dera pudesse sentir um perfume qualquer. Agora provavelmente já empestara a cama com seus suores e seus pesadelos. Não queria pensar em nada daquilo. Sentia, sim, a presença da irmã pairando sobre ele, até que a escutou afastando-se do quarto novamente.

É, ele teria de ir com ela. Não havia mais nada a insistir. Só respirar. Respirar fundo. Furar mais uma onda. Sair pela porta. André absorveu os últimos suspiros daquela casa e a imaginou sozinha, sem mais nenhum traço da mãe a justificá-la, sem ele. Absorveu os últimos suspiros e se imaginou sozinho naquela casa, preenchendo-a, justificando-a — poderia justificá-la? Vamos, quem ele queria enganar, ele era um homem a justificar aquela casa? Não era. Tantos quartos, pratos, lareira, aquilo não fora feito para ele. Ele seria sempre um convidado. E agora a festa acabara.

Agora as cigarras cantavam.

André ouviu mais atentamente, à procura da irmã... só ouvia as cigarras. Sentou-se novamente na cama. E chamou por ela. Hora de levantar.

Saiu do quarto, andou pela casa, a casa apagada, sem sinal de ninguém. Diabos, a irmã se fora mesmo? Chamou-a novamente. Caminhou até a porta da frente e a abriu. Não conseguia ver o carro da irmã estacionado na entrada.

Ela não poderia ter partido realmente... poderia? Aceitara sua preguiça em partir e o deixara lá, sozinho, para que se virasse? Diabos. André a chamou novamente, andou novamente pelos cômodos, pelos fundos. A casa estava mais solitária do que nunca. Sua irmã havia de fato ido embora.

Whatever, deu de ombros. Entrou na onda do momento que o incitava a insistir e ficar por lá, acender a lareira e servir-se de mais cachaça. Estava com fome. Iria até a cozinha para ver o que sobrara. Agora, sim, faria bom proveito daquele rondelli. Acendeu a luz da sala...

A casa estava de certa forma mudada. A casa andava de certa forma mais muda. As paredes nuas, estantes vazias. André olhou a sala como uma carcaça de frango bicada, um esqueleto às vias da anorexia. Livros soltos como numa boca desdentada. Móveis sem serventia. Se a personalidade daquela casa estranha antes era difícil de ser definida, agora não se percebia personalidade nenhuma. Uma casa-zumbi. Caminhante e moribunda, arrastando-se rastejante, insistindo sem existir.

Na cozinha, buscou as sobras de rondellis e filé. Se eu fosse uma sobra de filé, onde eu me esconderia? Hum, eu sou uma sobra de filé e me escondo numa casa vazia — ha, ha, ha. A resposta certa era "geladeira", e levou alguns segundos para ele se dar conta de que não havia mais geladeira lá. Porra, levaram até a geladeira. Devia ter sido colocada no bolso do casaco de alguma tia solteirona e tudo o que a irmã trouxera para comer havia sido consumido ou descartado. Sobrara o freezer, sem sobra de nada. Bem, era compreensível e até aceitável. A casa estava por ser abandonada, não havia por que deixar restos de comida na geladeira, nem geladeira, nem nada, mas ele ainda precisava comer. Ele ainda precisava comer, e não restavam nem restos dos restos do que a irmã trouxera de tarde. Bem, ela insistira para que ele não ficasse lá. Insistira, mas não esperara para ver o resultado. Não aguardara até que sua insistência o fizesse acompanhá-la.

Foi até a despensa e conseguiu pescar velhos sonhos de valsa de um jarro. Caminhou até os fundos, a área de serviço. Nem sinal do cachorro. Chamou-o novamente. Talvez tivesse sido levado. Uma tia caridosa, uma amiga consciente, uma colega coreana o levara junto de todos os livros-quadros-móveis. Sua irmã não havia comentado isso. André verificou a tigela de comida do cão: vazia. Ou o cachorro havia comido o coração, ou haviam comido o coração do cachorro, ou jogaram o coração fora por não ter sido comido. Nada revelava nada. André pisou de volta na casa e sentiu que seu passo era vacilante demais. Sua mente, muito instável. Era melhor voltar a dormir... ou esquecer... Ou morrer, ou não ser mais nada. Ou se anestesiar. Não poderia se estender por aquela noite pós-sóbrio naquela casa, sozinho, sem nada. Iria se servir de mais uma dose. Foi verificar as cachaças. Droga, não sobrara muita coisa. Tinha certeza de que existira um rum, algum licor e mais cachaça por ali. Agora só havia meia dúzia de garrafas quase vazias. Bem, entre elas, uma garrafa quase meia. Cachaça, nada especial, sem gelo. Mas serviria. André abriu a cristaleira.

Havia um grande espaço aberto entre copos e taças. Foram-se tumblers, taças, tulipas, lulinas, filipes, mas ainda havia uma (parca) quantidade de copos, mais respeitável do que em seu apartamento. Ele ainda tinha no que se servir. Pegou um dos pequenos copos para shot, como se acreditasse, e se serviu da cachaça. A única forma de se curar de uma ressaca é continuar bebendo.

A casa estava lá. É, a casa continuava lá, mais ou menos. A casa sem dono, morador, meio sem móveis e decoração, a casa dilapidada. O que faz uma construção ser uma casa? Ou o que faz uma casa ser um lar? Não faz nada. André seguiu por uma sala que agora era ainda menos sua, menos sala de sua mãe, com estantes semivazias, paredes meio nuas, móveis fora de lugar. Agora não havia nem possibilidade de Cesária Évora — discos e aparelho de som levados. Os dele permaneciam lá. A família não queria. A família já devia ter comprado. A família não queria. Foi até a lareira, lareira apagada. Poderia acendê-la novamente, ao menos, tinha uma lareira — não é algo que todo mundo pode dizer que tem neste país. Ao lado da lareira, sobrara pouca lenha. Os convidados levaram os troncos mais grossos, os galhos robustos. Nah, ele mesmo os queimara noite passada, se lembrava. Lareira era mesmo uma atividade dinâmica. Precisaria pegar mais lenha lá fora, a mãe mantinha um estoque pouco além do pé de lima. O pouco que restara ao lado da lareira serviria para o começo, para fazer o fogo acender, ele esperava; torcia um resto de jornal e organizava a arquitetura da torre a queimar.

Pica-pau. Pica-pau. Pica-pau...

Não era possível que aquele pássaro estivesse de volta. Um pica-pau-zumbi, que voltava para dar bicadas em seu cérebro. Ou o galho dedo-de-bruxa a bater na janela do banheiro de hóspedes. André seguiu para verificar. No caminho notou que alguém batia na porta de entrada.

Ufa, a irmã voltava, culpada, para resgatá-lo. Ele não faria mais manha, iria embora imediatamente. Nunca mais voltaria àquela casa. Nunca mais voltaria àqueles parágrafos. Nunca mais voltaria àquela casa. Nunca mais voltaria àquelas frases.

"Ei, cara, tava dormindo?", André deparava-se com um amigo diante da porta.

Hum? A surpresa daquela visita — naquela hora, naquela casa — ia muito além do que se podia compreender como "visita-surpresa". André queria mostrar-se receptivo; não era uma visita indesejada, mas pertencia a outro mundo, a outros cenários; não pôde esconder o fato de que não tinha ideia do que aquele homem fazia lá. "O que você está fazendo aqui?", perguntou com um sorriso torto. Por um instante se lembrou de que poderia ter ido tocar com a banda e cogitou se o amigo não vinha levá-lo ao casamento. Atrás dele, viu a menina com quem o amigo estava saindo.

"Ué, você me chamou, lembra? Falou que iam distribuir os troços da sua mãe, se eu não queria alguma coisa, micro-ondas e tal..."

Ah, verdade. O amigo agora tocava com outro povo, outros círculos. Provavelmente nem sabia do show daquela noite. Quando a irmã combinou de fazerem a distribuição dos pertences da mãe, André disse que não tinha ninguém para chamar — nenhum amigo que realmente precisasse, quisesse ou merecesse algo da mãe, seus livros, roupas e utensílios domésticos. Mas numa dessas noites embriagadas sentiu-se mais próximo e com mais carinho pelo amigo, avisou-o da distribuição dos bens. Nunca achou que ele de fato apareceria por lá. E, como tantas conversas que havia tido bêbado, depois se esqueceu do que dissera, para quem dissera, o que sentira.

"Putz, cara, chegou tarde", cumprimentou o amigo, que entrava, deu um beijo na bochecha da menina. Ela sorriu visivelmente de mau humor. "Já veio todo mundo, a maioria das coisas já foi levada. Você deu sorte de me achar, porque eu já devia ter saído pra tocar num casamento aí."

"Ah, foi mal. A gente meio que se atrasou..."

"Onde é o banheiro?", perguntou a menina. André indicou o banheiro da mãe, e a menina desapareceu de vista.

"Tá tudo bem com ela?", André perguntou baixinho.

O amigo sacudiu a cabeça. "A gente discutiu no carro. Criança, né? Tô meio sem paciência..."

André assentiu em solidariedade. Conduziu-o pela sala. "Mas, então, está de saída, para esse casamento?", o amigo perguntou.

"Não... Acho que não. Ficaram de me confirmar, mas ninguém ligou..." Aquilo era verdade. Quando o guitarrista da banda deixou no ar, André soube que provavelmente não ligaria de volta e, se ligasse, era bem capaz de que desse novamente com o celular fora de área. "Estava acendendo a lareira."

"Que delícia." O amigo o acompanhou até a lareira ainda apagada, olhando ao redor. "Bela casa, hein? Você cresceu aqui?"

"Não, minha mãe construiu há poucos anos, para escrever e tal..."

"Tô ligado. Sua mãe era famosa, não era?"

André deu de ombros. "Se você me pergunta, é porque não era tão famosa assim. Ou você saberia..."

"Nah, cara. É que não sou ligado nessas coisas de livro."

André sorriu. "Pois é. Acho que nenhum escritor pode se considerar 'famoso'."

O amigo riu, sem saber muito o que dizer. "Pode crer... E agora, vão vender mesmo a casa?"

"Vamos, né? Não tem como a gente manter. E vai ser uma graninha."

"Claro..." O amigo sustou maiores comentários. Não estavam acostumados a conversar assim, sobre vida e morte, literatura e mães. Eram amigos havia o quê, seis, oito anos? Porém nada além de boas companhias para momentos felizes, momentos infelizes, baladas e intoxicações. Não poderiam ser amigos no dia a dia se tivessem um dia a dia. Vinham de históricos e realidades totalmente diferentes, mas gostavam da mesma música, frequentavam os mesmos lugares. Usavam as mesmas substâncias, e um sempre tinha o que o outro buscava. É isso o que se pode chamar de amizade? Alguns diriam que é apenas tráfico.

No silêncio do amigo, André arrumava a lenha, torcia um resto de jornal e acendia um fósforo. O fogo avançava rápido pelo papel, com a promessa de justificar a lareira, mas André sabia que era uma promessa vazia. "É um saco acender isso aqui. O fogo pega no papel, começa a queimar, mas logo apaga quando fica só lenha. Não entendo como alguém consegue incendiar a própria casa por acidente", declarou o que já havia pensado tantas vezes.

"Deixa eu tentar", disse o amigo se dirigindo para a lareira. "Não adianta, cara, sempre tento. Talvez a região seja muito úmida, sei lá..." O amigo revirou a lenha e torceu mais jornal. Acendeu mais fósforos. Logo parecia que a lenha começava a queimar.

Sorte de principiante.

"Cadê sua mina? Será que está tudo bem?", perguntou André, notando que a garota demorava a voltar.

O amigo abanou a mão. Não se importava. Olhou ao redor. "Não tem nem mais onde se sentar, hein?"

Não tinha. Não sobrara nenhuma poltrona, só algumas almofadas espalhadas pelo chão. O amigo se jogou. André recuperou a cachaça sobre a lareira. "Estava tomando uma cachacinha... a fim?", ofereceu.

"Não. Valeu, cara. Estou dirigindo."

"Ah, é. Putz, não tem mesmo onde você dormir hoje aqui. Além do sofá, levaram as camas. Só sobrou a da minha mãe, onde eu tô dormindo. Bom, de repente tem umas redes..."

"Não encana, tô de boa. Acho que a gente não vai dormir tão cedo mesmo", o amigo respondeu com um sorrisinho malicioso. "Trouxe uma coisinha."

Ele revirou os bolsos, André já sabia o que era. Só aquele pensamento já provocava tsunamis de ondas positivas, negativas, pânico, euforia em seu cérebro. O amigo emergiu dos bolsos com um papelote. Deu uma rápida olhada em André. "Tudo bem, né? Você não tem mais problema com isso...?"

André deu um gole na cachaça. "Nah, imagina, de boa."

O amigo se virou e escolheu um livro grande de capa grossa da estante. Começou a despejar o papelote sobre a contracapa. André começou a calcular mentalmente quanto de felicidade teria. É, umas boas carreiras. Tempo suficiente para se esquecer. E se lembrar. E se esquecer.

O amigo foi batendo o pó sobre a capa. "Sabia que aquele filho da puta do Santiago desapareceu? Evaporou. Táo dizendo que foi pra Finlândia, Filipinas ou sei lá. Tá devendo uma grana preta pra mim e pra metade da cidade. Daí é aquela coisa, ele some e está numa boa; eu, que fico aqui, que me viro com quem vem bater na minha porta para me cobrar."

"Sei como é", disse André, olhando hipnotizado para o pó. "O que a gente deve só aumenta; o que nos devem desaparece."

"Exatamente, Andy! Falou tudo. Acho que o negócio é só dever pra otário, tipo eu, sabe? Se eu soubesse cobrar, na pressão, o desgraçado tinha me pagado antes de pensar em dar sumiço."

"Bah, também não vale a pena se sujar por isso, cara." André levantou o olhar e encontrou o rosto compenetrado do amigo separando as linhas brancas. Que bom que ele estava lá. Tinha de agradecer a generosidade do destino. Mesmo sozinho, distante, trancado naquela casa de campo, ainda batiam à sua porta e vinham lhe oferecer felicidade em sua forma mais refinada. "Quantas vezes você se apertou e conseguiu dar um jeito?" Consolava o amigo. "Não vale a pena fazer o que não pode ser desfeito..."

"É, sei lá..." O amigo batia o pó em carreiras gordas. Só a visão daquilo já começava a fazer os intestinos de André funcionarem. "Vou dar um pulo no banheiro."

O banheiro da mãe estava com a porta aberta, nem sinal da menina. André entrou e trancou a porta para se aliviar.

Sentado no vaso, pensava nas possíveis consequências. Puta merda, amanhã ele estaria um caco, mas isso era algo que ele precisaria aceitar. Ele estaria um caco de toda forma, talvez em menor grau se não cheirasse, é verdade, mas o que valia eram os momentos de euforia daquela noite. Não poderia passar outra noite miserável. Não, não havia nem o que considerar. O amigo já estava lá, separando as carreiras, e aspirar era inevitável, já não era uma escolha; tinha apenas de se concentrar nos aspectos positivos. Levantou-se, deu descarga e se viu sorridente na frente do espelho. Os dias serão todos miseráveis de qualquer forma, o que importa é que ainda tinha uma noite para aproveitar.

Saiu do banheiro e resolveu dar uma espiada no quarto. Ela estava lá, deitada na cama da mãe, os olhos abertos, que rapidamente se fecharam quando ele se aproximou. Correu os olhos pelas pernas dela, as coxas dela, meia arrastão. Era uma daquelas. Era uma menina magrela, de membros esguios, nariz adunco, que provavelmente nunca fora considerada bonita na escola, nos cenários convencionais, mas que se tornara irresistível para homens como eles, como ele. Uma menina feia que se vestia para dominar a noite indie. Ele nunca se fartaria. Os seios pequenos. Aquela nuca alongada. A flexibilidade impossível das omoplatas...

Menina genérica. Deixe disso. A cocaína era mais urgente. André deu meia-volta sem nem dirigir palavra a ela. Deixe que ela durma; sobraria mais cocaína para os homens. Voltou à sala. Seu amigo o recebeu sorrindo, já enrolando uma nota de cinquenta.

"*Todos os fogos o fogo*... pro fogo", disse o amigo, lendo o título e jogando mais um livro nas chamas da lareira. Precisavam de mais papel para ajudar o fogo a pegar. O jornal havia acabado, e restaram tantos livros deixados para trás naquela casa, abandonados pelos amigos da mãe, os convidados da irmã...

"Não viaja. Nem fodendo a gente vai queimar livro agora, isso é heresia", dissera André.

"Heresia é enrolar baseado com folha de bíblia, como se tu nunca tivesse feito."

"Eu não, detesto maconha."

E eles riram. Continuavam aos pés da lareira, as brasas se apagando, e os dois lutando para fazer o fogo continuar a queimar. Minutos antes André reparara que teria de buscar mais lenha; os gravetos que sobraram não dariam conta. Com o ânimo da cocaína, se dispusera a sair para buscar. O amigo fora atrás.

"Vai cortar lenha a essa hora, Andy? Tá pinel?"

"Não, cara", André fungara, "minha mãe guardava lenha num quartinho aqui. Acho que ainda tem alguma."

A lenha ficava num coberto bem ao lado da casa, próximo à arvore de limas. Não havia porta, e André se perguntara se não haveria cobras entre os troncos, aranhas e escorpiões. Perguntara-se, mas não temia. Fortalecido pelo pó, qualquer veneno seria bem-vindo. Fora arrancando os tocos mais robustos velozmente e sem receio; farpas de madeira penetrando em seus dedos. Anestesiado, ele não se detivera nem praguejara, levara a lenha para dentro de casa.

Mas o fogo não pegava, como era de costume. "Eu te disse, não entendo qual é a sabedoria que precisa haver por trás de colocar fogo numa madeira", dizia ao amigo, que tentava novamente acender a lareira, mas não tinha a mesma sorte de principiante, porque já se principiara. "Precisa colocar papel, jornal, alguma coisa para ajudar o fogo a pegar", instruía André. Foi quando o amigo tivera a ideia dos livros.

"Nem fodendo, a gente não vai queimar livro agora. Minha mãe iria se revirar no túm... no mato aí fora."

"Sua mãe foi enterrada no mato aí fora?!"

"Foi. Tem um mausoléu da família aí no terreno."

"Ah, fala sério. Como assim, um mausoléu? Vocês não vão vender esta casa?"

"Tá, é mentira. Mas ela se reviraria mesmo assim, se pudesse se revirar."

"E o que você vai fazer com esses livros todos? É tudo livro velho mesmo."

André desculpou mentalmente o amigo, que provavelmente crescera numa casa em que nunca se dera valor aos livros. Ele mesmo crescera numa casa em que os livros eram hipervalorizados, e nunca conseguiu se tornar um leitor. Tinha por eles o respeito burocrático de um aluno pelo professor, mesmo que discordasse do que o professor tinha de fato a ensinar. O que teriam a ensinar? Os livros estavam lá, abandonados. Esquecidos até pelos amigos intelectuais da mãe, pela irmã, pela família. Terminariam como papel de parede, jogados no lixo, comida para porcos. Melhor que gerassem calor. "Tá, deixa só eu dar uma olhada no que vamos queimar."

E eles foram queimando best sellers, primeiras obras, livros obscuros. O amigo lia em voz alta os títulos: "*Pássaros feridos*. Isso não era o nome de uma série brega no SBT?" Fogo. "*Faz escuro mas eu canto*. Título bacana." Fogo. "*As vinhas da ira*." Fogo. "*Granta: Os melhores jovens autores brasileiros...*"

"Peraí, deixa eu ver esse", disse André. Pegou o volume e verificou os autores: Daniel Galera, Michel Laub, Emilio Fraia, Thomas Schimidt... Nunca tinha ouvido falar. Fogo.

As carreiras à frente deles já haviam sumido. E o amigo já tirava outras dos recônditos de seus bolsos, separando em pares e fazendo André calcular mentalmente, em minutos e em centímetros, quanto teria de felicidade. Mesmo em sua euforia, um toque de paranoia ainda estava lá. "O pó vai acabar." "A noite vai acabar." "Um novo dia virá e não trará nada melhor do que este." Mas ele sabia que se aspirasse mais uma ou duas carreiras conseguiria fazer até com que a noia fosse embora, pelo menos por um tempo. Mais duas ou três carreiras e conseguiria simplesmente aproveitar a onda positiva do momento. Sorriu. Conseguiria aproveitar. A lareira estava queimando. Ele estava com seu amigo na casa da mãe. Tinha uma herança a receber. Tudo daria certo. O suicídio era lamentável, mas a morte era inevitável. Morreram os avós, morreu seu pai, agora sua mãe morria; apenas seguia a ordem natural ligeiramente apressada. Ansiedade devia ser um traço de família. Nada a se estranhar.

"Admiro você, viu, Andy? Que veio de uma família bacana, tem esta casa, nunca passou necessidade na vida e ainda assim é um cara... foda, alternativo."

"Ah, o padê tá fazendo você ficar sentimental."

"Tô falando sério, cara, você me conhece. Você podia ter virado um playboyzinho, sei lá. Você sabe, a maior parte do povo aí da noite está nessa vida porque não tem alternativa. É tudo podreira mesmo. Mas você é um cara com conteúdo, olha todos esses livros..."

"Que a gente está queimando."

"Dah, isso é o de menos. Você é filho de uma escritora. Já está no seu sangue." O amigo se estirou até ele e deu um tapinha no ombro do André. "Queria eu ter sido criado numa família assim. Pô, meus pais são Testemunhas de Jeová."

André folheou um livro chamado *A garota dos pés de vidro*. Fogo.

"Se a gente estivesse na casa deles, no máximo a gente teria a bíblia pra queimar na churrasqueira da laje, hahaha", caçoou.

Isso era uma beleza. Então o amigo o admirava por ele ser bem-nascido e ter terminado na sarjeta. Ou por ser bem-nascido e trazer o lixo para a frente da lareira.

"A gente não tem culpa ou mérito nenhum pelos pais que tem", observou André. "De repente é até o contrário, né? A gente se esforça ao máximo para se afastar, contradizer os pais, fazer diferente, não repetir os mesmos erros ou errar de forma diferente. Não repetir os acertos. O que a gente não pode deixar de fazer igual é só uma maldição, maldição hereditária..."

A conversa foi interrompida pela menina do amigo surgindo na sala. Sonambulante, cabelo desgrenhado, mas ainda menina, ainda delícia, ainda mais do que aqueles dois homens de meia-idade poderiam pedir. "O que vocês estão fazendo aí?", disse ela se aproximando com a cintura malemolente como uma vaquinha sobre um barril, meio sorrindo, já sabendo o que faziam e querendo se juntar. O amigo sorriu e foi naturalmente preparando o canudo para ela. Qualquer rusga que havia entre os dois já havia se dissipado. André teve de repensar mentalmente toda sua dose de felicidade, euforia, não havia sido planejada para três.

"Ai! Vocês estão queimando livros na lareira!", a menina disse enquanto ainda fungava, constatando que um gordo romance ardia no fogo. É, a menina tinha certo bom senso.

"Estamos livrando a casa dessa energia pesada que todas essas frustrações, rancores e arrependimentos de escritores trouxeram", disse André. "Sabia que a estimativa do peso total desses livros — segundo a quantidade de papel que há aqui — dá por volta de duas toneladas e meia? Mas que quando os técnicos de fato pesaram deu mais de dez toneladas? Essa diferença é a carga emocional dos livros, que evapora quando queimamos."

"Bah...", a menina não era boba. "Essa diferença deve ser da tinta de impressão, do papel da capa, que é mais grosso..."

Era uma boa suposição, mas claro que "técnicos" nunca pesaram os livros daquela casa. Eram só devaneios. E eles continuavam a queimar.

"Ei, sabia que esta casa foi construída em cima de um cemitério indígena", dizia o amigo, tentando cortar sua fatia de devaneio de maneira mais clichê, "e que no último sábado de cada mês os espíritos voltam a assombrar...?"

"Que bom, porque o último sábado deste mês ainda é o próximo", lembrou a menina.

"Bom, talvez eles antecipem por causa do feriadão", o amigo corrigiu. Os três riram. Depois ficaram num silêncio que pôde ser percebido apenas pela aceleração em que estavam, porque durou menos de um segundo. "Ei, coloca algum som aí, pô," sugeriu o amigo.

"Putz, não tem. Já levaram o aparelho. A casa foi rapada."

"Nem televisão nem nada?", perguntou o amigo.

"Só tem um aparelhinho velho, que nem deve funcionar mais. Minha mãe não via TV."

"Eu posso colocar meu celular para tocar", ofereceu a menina, levantando-se e indo até o quarto pegar a bolsa.

"Fodeu, agora a gente vai ter de ouvir as músicas dela", caçoou o amigo com a menina já longe.

"Melhor do que ficar ouvindo as cigarras... Aliás, como será que a gente está escutando as cigarras?", questionou André.

"Com os ouvidos?"

"Nah, tô falando, tipo, é inverno, não deveria ter cigarras cantando. As cigarras não param de cantar no inverno?"

"Sei lá, Andy, eu lá vou entender de cigarra?! Aliás, tem um cigarro?", o amigo disse, abrindo outro papelote sobre o livro.

"Não tenho, tava tentando parar de fumar. Mas viria bem a calhar."

"Bom", disse o amigo, como se retomasse uma conversa que estava fermentando havia um tempo, "queria saber se você podia me emprestar uma grana aí — *emprestar*, estou falando. É que com esse lance do Santiago..."

"Grana, quanto?"

"Então, não sei, preciso ver direito, uns dois, três paus, empréstimo mesmo, só até eu resolver as paradas."

"Cara, agora não tenho mesmo; estou com mais de sete paus negativos. O dinheiro da minha mãe vai vir, mas ainda não sei direito quando. Vamos nos falando..."

"Claro, claro."

A menina voltou com o celular, revirando seus arquivos de música na tela. "Gostam de Katy Perry?" Nenhum dos dois se dignou a responder.

"Mas tava falando da cigarra", retomou André, num surto de continuidade. "Lembra aquela história: *A cigarra e a formiga*, que a cigarra canta todo o verão, daí no inverno não tem nada para comer e bate na porta da formiga e tal...?"

"Andy... você tá surtando...", o amigo abriu um risinho desconcertado, pensando que André se referia a ele mesmo, batendo em sua porta para pedir dinheiro.

"Não, a coisa é que a cigarra não canta no inverno. Não viu na história?"

"Sei. Nessas histórias da Disney em que um rato é amigo de um cachorro e de um jacaré", apontou o amigo.

"Tem jacaré nas histórias da Disney?", perguntou André, legitimamente curioso.

"Sei lá, tô falando que esses bichos de história não têm nada a ver com nada..."

"Putz, podia ter um jacaré, hein?", continuou André, empolgado com a ideia. "Tá faltando um jacaré. Acho que jacaré ainda não tem."

"É um mundo só de patos, Patópolis", observou a menina. "Não ia ter espaço pra jacaré."

"Imagina, tem o Mickey, que é rato, o Pateta e tudo mais...", corrigiu André.

"Mickey é de outro núcleo. É de um universo paralelo..."

"*Mickey é de um universo paralelo*? Cara, vocês cheiraram ou fumaram...? Hahaha", caçoou o amigo.

"Eu tô falando que as cigarras não cantam no inverno!", lembrou André, entusiasmado por conseguir manter sua linha de raciocínio. "As histórias podem estar erradas. Mas nessas histórias a Cigarra deixa de cantar no inverno."

"Não, a Cigarra canta no inverno", a menina se lembrava. "A formiga abriga a Cigarra, que termina cantando dentro do formigueiro para alegrar as formigas."

"Acho que a versão que você conhece é mais positiva do que a minha", disse André, voltando a dar um gole na cachaça. "Na minha, as formigas não abrem a porta para a Cigarra como uma lição, para ela aprender que cantar não leva a nada, que ela deveria ter arrumado um trabalho de verdade. E agora ela vai morrer de fome e frio no inverno, enquanto as formigas — que passaram o verão todo miseráveis, ralando sem aproveitar a vida — agora poderão ter um tempinho de descanso. É a visão capitalista de trabalhar e depois descansar, sem um meio-termo, sem poder fazer um trabalho associado ao prazer ou sem fazer um mínimo de esforço no momento de lazer. Não existe a opção de se *aproveitar* a vida... Bom, pode também ser uma visão comunista, né? Trabalhar pela comunidade apenas para merecer seu tempo de descanso? Sem nenhuma opção individualista? Mas até aí... no mundo real, se uma cigarra entrasse num formigueiro seria para comer as formigas, ou ser comida pelas formigas, sei lá, só não teria como elas viverem em harmonia...”

“Vai”, disse o amigo para sua menina, “coloca qualquer música aí para tocar antes que o Andy surte de vez com o canto das cigarras.”

A menina deixou seu celular tocando alguma seleção ultra-pop-descartável e embarcou na discussão com André. Ele era bom com as meninas. Ainda podia fisgá-las só com suas ideias, com seus devaneios. Espere só até ele voltar a cantar. Deixe que ele exponha novamente suas ideias não só em argumentos, mas em melodias, versos e refrão. Deixe que sua voz se transforme em miado. Ele poderia reconquistá-las, desprezá-las, selecionar em polegadas quais outras queria tocar. Estava tarde, mas ele ainda tinha tempo.

Não tinha nem quarenta e ainda tinha talento. E ele era um herdeiro.

"Então, nessa sua história aí nem se sabe se tem moral capitalista ou comunista; é muito melhor a versão em que as formigas aceitam a Cigarra, porque todos aprendem alguma coisa. A Cigarra aprende o valor do trabalho, as formigas aprendem que também é importante se divertir para trabalhar melhor. É uma fábula e precisa ter um final feliz, de qualquer forma: 'e todos viveram felizes para sempre.'"

"A morte de qualquer inseto não é um final feliz?", intrometeu-se ironicamente o amigo, de maneira perspicaz e passando a André mais uma obra a examinar, e queimar: *Feriado de mim mesmo*.

"Nah", disse André saboreando o debate com a menina e jogando o livro direto no fogo. É, ele podia desprezar toda aquela literatura, o conteúdo já estava nele. O conhecimento que fora partilhado nas conversas da mãe, nos amigos intelectuais dela. As frases que ouvira brincando nas férias, debaixo da mesa dos adultos, empurrando um jipe dos Comandos em Ação. "Uma fábula não é um conto de fadas, não precisa ter final feliz, tem só de expor um fato concreto da vida", ele explicava. "E o fato da vida é este: é preciso sofrer para sobreviver, mesmo usando de alegoria os insetos. Aliás, os insetos não aprendem nada. A formiga não vai deixar de ser formiga, a cigarra não vai deixar de ser cigarra, então não se pode esperar que elas tenham um aprendizado e uma transformação no decorrer da fábula."

"PUTA MERDA!", exclamou o amigo levantando-se e remexendo com um graveto o fogo. "Vocês surtaram com isso mesmo. Vamos falar de qualquer outra porra?"

André abriu um sorriso para a menina, que correspondeu. Que delícia. A pele branca, lisa, macia dela reluzia com a luz do fogo. Como ele queria naquele momento saltar e mergulhar na fenda pálida de seu decote, alargar a trama daquele arrastão, romper os laços e as alças que a fantasiavam de garota indie. Aqueles peitos pálidos avistados pelo decote. O que não daria para perfurá-los no espeto e assá-los como marshmallows na lareira. O padê estava trincando, mas ele ainda tinha língua, dedos, vontades...

O padê estava trincando, e ele só tinha língua, dedos, nem tantas vontades assim. Melhor beber. "Vocês querem um drinque?", ele ofereceu generosamente, sabendo que tinha só restos de cachaça a oferecer. "Tem Malibu?", perguntou a menina, com ele já se encaminhando para a cristaleira. "Acho que só sobrou cachaça, na verdade." A menina e o amigo vinham logo atrás, e ele rezava para que não pedissem uma caipirinha. Não iria revirar o pé de lima da mãe para fazer um drinque àquela altura da madrugada. "Nah, tudo bem", a menina recusou. "Me dá só uma água então."

"Acho que tem na cozinha, na geladeira."

A menina seguiu para a cozinha. O amigo dessa vez aceitou o copinho de cachaça que André conseguiu extrair da cristaleira. Tirou uma garrafa que estava meio cheia e já começava a se esvaziar.

"Mas sabe que estou achando bem estranho não ter visto inseto nenhum?", reparou André, enquanto servia a cachaça. "Nem mosquito, nem nada. Só ouço essas cigarras. Mas não vi uma só formiga, desde que vim pra cá..."

"É porque é inverno", o amigo poderia responder, reascendendo a história sobre as cigarras e as formigas e os invernos e as histórias; mas o amigo não disse nada, só aceitou o copo. Melhor deixar quieto.

"Andy...", disse a menina da cozinha, "onde está a geladeira? Só achei um freezer."

"Ah, desculpe. Esqueci que levaram. Então só da torneira", André respondeu. Prolongava o assunto com o amigo. "E sabe que o cachorro desapareceu?" Via o amigo distanciar-se enquanto ele guardava a garrafa de cachaça na cristaleira. "Não sei se fugiu, se foi levado..."

A menina surgiu da cozinha com um copo d'água. "Essa água está com um gosto estranho..."

"Deve ser da cocaína", ponderou André.

"Você botou cocaína na água?", perguntou a menina inocentemente.

André quase engasgou e, distraído, deixou a garrafa escorregar de suas mãos numa prateleira transparente.

Derrapagem invisível. "Porra!" O vidro foi ao chão, com um estrondo. O perfume se espalhou.

"Que houve?", o amigo se virou constatando o que acontecia.

André apenas ficou parado, com a cachaça quebrada aos seus pés. Merda, a única garrafa mais ou menos cheia.

"Deixa que eu te ajudo", se ofereceu naquele momento a menina solícita transformada em mulher.

"Vamos varrer isso aí", se ofereceu o amigo, também tomado por uma iniciativa aditivada.

Logo estavam os três buscando pás, vassouras, tirando os cacos e tentando encontrar uma tarefa dinâmica para dar sentido àquela noite. André estava descalço. "Calça alguma coisa, Andy, você vai acabar cortando o pé", aconselhou a menina.

"Com o cascão que ele tem, nem vai sentir", caçoou o amigo.

"Não tem um pano de chão? Uma cândida?", ela perguntava. "Era bom tirar essa cachaça."

Claro, no copo a cachaça ocuparia dois dedos e mal daria para embriagar um. No chão, tornava-se um lago. André já se fartara. "Deixa, vamos só tirar esses cacos."

"Mas era bom a gente ao menos secar o chão", a menina insistia.

"O chão seca sozinho", André observava. "Jesus existe para isso."

Os três acelerados varreram, e serviram novos copos em segundos. Agora estavam nas últimas gotas de várias garrafas quase vazias. André via como mau presságio. Nunca dava em boa coisa quebrar uma garrafa de bebida. Talvez porque só quebrasse garrafas de bebida quando já não estava em boa coisa. Lembrou-se de um réveillon, em que já não estava no seu auge, não tinha para onde ir e passaria com a namorada adolescente num apartamento abafado demais. Queria assegurar ao menos de que não faltasse vodca — com vodca, todo o resto poderia ser esquecido. Mas conseguiu quebrar três garrafas num tropeço, voltando do supermercado. Sacrificou-se para comprar mais uma. E teve de recorrer à mesada da namorada para manter a lubrificação das engrenagens quando o relógio batia meia-noite.

Agora, nem o relógio batia. André constatou que ele ainda estava lá, na sala, mas seu pêndulo estava imóvel. Precisava dar corda ou era cena de filme de terror? "O que eu faço com este relógio aqui?", o amigo e a menina passaram por ele de volta à lareira sem nem se importar em responder.

Se havia um Necronomicon, também fora queimado. André contemplava o vazio do mato, para onde haviam desaparecido o amigo e sua menina. Queimaram livros, aspiraram carreiras, quebraram uma garrafa, depois contemplaram o mato lá fora ansiando por algo mais a fazer.

"O que tem lá embaixo afinal?", perguntou o amigo ao seu lado na varanda.

"Não sei", André respondeu de maneira enigmática. Não sabia mesmo. Nunca havia descido até os fundos do terreno. Pelo que sabia, não havia nada. Nem mausoléu, nem piscina, nem horta, galinheiro, nada. Era isso o que o amigo procurava?

"Você tem de dar uma olhada antes de vender a casa!", estimulava a menina. Achava o quê, que a mãe escondia um parque aquático no quintal de casa? Aves raras que podiam ser revendidas, abatidas, cozidas ou empalhadas?

"O terreno só desce mais algumas dezenas de metros até a rua lá de baixo. É só mato", assegurava André, sem certeza, mas quase seguro.

"Por que a gente não vai até lá?", sugeriu o amigo, animado. O pó os incitava a agir, qualquer que fosse a ação. A sala, a lareira, os livros queimados, a música do celular e a cachaça já não eram o bastante. Precisavam de mais. Precisavam de sangue. Mesmo que fosse o próprio sangue, esparramado pela vegetação.

"Eu não vou descer lá embaixo a essa hora nem fodendo", respondera André.

"Uhhhh, está com medo...", desafiou o amigo.

"Que medo, mané. Estou com frio. Descalço. Não vou descer no meio do mato cheio de bichos, espinhos e insetos só para dar uma passeada, muito obrigado."

"Tudo bem, a gente vai", o amigo afirmou. "Tem alguma lanterna?"

"Cara, não surta, o que você vai fazer lá embaixo a essa hora?"

"Ai, tenha espírito de aventura, vai ser legal", a menina o surpreendeu concordando com o amigo.

"Que 'espírito de aventura'? Não tem nada lá embaixo. É só mato", reafirmou André.

"Isso é o que vamos ver...", apontou o amigo de forma soturna. "Tem lanterna?"

André foi até área de serviço para ver se encontrava. Aqueles dois estavam muito loucos e poderiam se machucar. Mas era melhor deixá-los vagar pelo mato do que subindo pelas paredes da casa. Sabe-se lá o que eles iriam querer queimar em seguida. Não encontrou nada entre sabões em pó, alvejantes e amaciantes — só abriu um frasco para ver se ainda conseguia se comunicar com a mãe. Nada. Lembrou-se do quartinho de ferramentas, cuja porta ficava do lado de fora da casa. Ao sair para procurar a lanterna, André pensou que deveria ter uma lanterna para iluminar o caminho.

Plantas em preto e branco, cigarras cenográficas, um céu de estrelas e um horizonte sem perspectivas. O campo à noite era uma coisa medonha. O que aqueles dois queriam descobrir? André farejou e sentiu saudades do monóxido de carbono. Na cidade eu sei quem eu sou, pensava. No campo, ele não era ninguém. Mas será que eu seria algo se eu fosse um guaxinim? Será que um guaxinim não seria só parte do cenário... Wait a minute, existem guaxinins por aqui?

André avistou pouco à frente o coberto de lenhas. Ele havia estado poucos minutos antes por lá. Correu para o quartinho logo ao lado, acendeu a luz. Um mundo de ferrugem. Encontrou logo uma grande lanterna de pesca. Com ela em mãos, voltou à casa e foi até o quarto de hóspedes, resgatar o velho televisor de dial.

"Olha o que eu trouxe...", ele anunciou.

"Uma lanterna. Dá", pediu o amigo, decidido.

"Essa televisão, cara. Olha que coisa vintage." Ele se ajoelhou, buscou uma tomada e ficou tentando sintonizar.

"Andy, me dá a lanterna, vamos ver o que tem lá embaixo."

"Se você conseguir sintonizar alguma coisa, vai ser um daqueles programas evangélicos bagaceiros que passam na TV aberta a esta hora", disse a menina.

André ficou ajoelhado mais alguns instantes, tentando se concentrar na televisão. Percebeu que aquilo não surtia efeito sobre eles. Passou a lanterna. Os dois se afastaram para a varanda. André, monomumificado, continuou mexendo no televisor. Apenas chiados. Estática. Linhas horizontais. Nem sinal de Samara. Girou o dial, como num rádio, e buscou algo. Sem antena nem cabo era difícil. Naquele fim de mundo, não tinha como captar sinal. Só que de repente captou, um traço de conversa, um vislumbre de rosto. Alguém conversava com alguém sobre alguma coisa. Poderia até ser sua mãe. André riu descrente de haver captado a própria mãe num televisor ancestral no meio da madrugada. Não era nem caso de parapsicologia, claro, poderia ser uma megacoincidência uma entrevista da sua mãe estar sendo reprisada naquele instante mesmo, em alguma rede educativa. Sua mãe certamente seria material para um corujão. Mas não era. Tentando sintonizar melhor, André a perdeu para sempre. E teve de acreditar que fora só sugestão, um lapso, sem nexo.

Agora André contemplava o mato bebendo cachaça, esperando os dois e torcendo secretamente para que apenas a menina voltasse. "Ele foi engolido por alguma coisa!", ela soluçaria abraçando-o. "Eu nem consegui ver o que o pegou." André a confortaria e a acalmaria. Ela teria cheiro de mato e a coxa arranhada. Em suas lágrimas viria o gosto de mar, e o suor com perfume multinacional a faria ter o sabor de todas as melhores mulheres do mundo. Ele a colocaria para descansar na cama e descobriria muitos outros sabores. Ela se desmancharia em todos os fluidos de que as mulheres são feitas e o deixaria apenas com galhos secos nas mãos.

Não.

O telefone tocou e André despertou de seu devaneio, de volta para dentro da casa. O telefone era objetivo demais. Ainda assim, quando tirou o fone do gancho, escutou só as cigarras estáticas do outro lado. "Alô... Alô?"

Nada.

André ficou à escuta para ver se identificava uma respiração, uma pulsação, um ser latejante do outro lado. Não poderia dizer. Aquele aparelho deveria estar com defeito, isso sim, tão funcional quanto uma televisão sem antena. "Se tem alguém aí ouvindo, daqui eu não consigo escutar nada. Mas a dona da casa morreu... aqui quem fala é o filho dela..." Pronto. Dera o recado. O que mais dizer? Se quiser deixar um recado, tente uma tábua de ouija? Apenas desligou. Foi voltar para a lareira e, numa pisada, sentiu um espeto. "Merda!" Um caquinho de vidro furara seu pé direito.

Saltando num pé só, voltou à frente da lareira. Examinou o pé. "O peito do pé é preto", lembrou-se do trava-língua. Seu peito do pé era pálido, de toda forma; preta era a planta do pé, com grãos de poeira, farpas de madeira e, na bola sob o dedão, o corte. Puxou o caquinho com as unhas. Não tinha certeza de que não ficara algum pedaço dentro da carne. Mas o corte não era feio, na verdade. Estava acostumado com cortes piores... ou melhores. O corte era bonitinho. Tirou outros caquinhos que se espalhavam sobre a sola, incapazes de penetrar na pele grossa. O cascão o protegia, até certo grau.

A lareira voltava a seu estado letárgico. Restos de uma carreira depositavam-se sobre um livro. *Só o pó*, de Marcelino Freire. André aspirou. A nota de cinquenta estava lá. Se o amigo não voltasse, ao menos ganharia cinquenta reais. Agora nem a cocaína era suficiente para lhe dar ânimo. Sim, a cocaína era suficiente para lhe dar ânimo. Seu efeito era suficiente para tirá-lo momentaneamente da depressão. Ele não se sentia deprimido nem derrotado. Apenas um pouco cansado, devia ser a cachaça. Mas sabia que não conseguiria dormir. Precisava de mais. Precisava de sangue!

Ele se deitava sobre a menina. Ela penetrava em seus poros. Embaraçavam-se em pernas e braços, pelos e cabelos. Misturavam-se e se expeliam. Deitado na cama da mãe, André fritava sobre o perfume doce que só uma adolescente pode ter. Esfregava-se nele. Torcia-se e se revirava, mas o fogo não acendia. Era como uma lareira sem obras a queimar. Cocaína. Merda. Que lhe despertava um desejo incontrolável, o deixava descontrolado, mas ao mesmo tempo morto e cambaleante. Zumbi. Tudo bem, ela não estava ali com ele. A menina sumira com o amigo no meio do mato e André ficara sozinho na cama, a fritar. O perfume dela estava por todos os lados. O perfume dela era forte demais. Como ela pôde se esfregar assim nos lençóis da mãe morta, ovulando numa casa estranha, e depois simplesmente desaparecer no meio do mato? Noites assim é que terminavam em estupro. Estupros assim é que terminavam em assassinato. Assassinatos assim é que terminavam em necrofilia, que terminava em canibalismo, que terminava em suicídio. A morte sempre pode se prolongar mais um pouco...

André revolvia-se em tudo isso. O corpo anestesiado em espasmos. O cérebro acelerado em sinapses. A mente cansada querendo apagar. Ah, a droga perfeita seria a que apagasse imediatamente o efeito de qualquer droga, quando já tivesse passado do ponto. Por que o efeito continuava a bater quando o corpo não mais correspondia, as horas passavam, o sol ameaçava nascer? O sol ameaçava. A droga perfeita seria a que parasse o tempo. Não é possível ser feliz no dia seguinte.

Sua respiração acelerava. Ansiedade. Vamos, Andy, não há ninguém com você e ninguém para assistir ao seu teatro. É só controlar a respiração. Ele assistia a si mesmo. E criava um espetáculo de ansiedade. Não era possível saber se estava mesmo numa crise ou se apenas interpretava. As pessoas não sabem o que realmente sentem e o que só querem demonstrar.

André queria estuprar-se, assassinar-se, canibalizar-se e ressuscitar. A vida sempre pode se arrastar mais um pouco. Bem, ele se conhecia, em algumas horas estaria uma bagunça completa, mas o corpo ao menos poderia corresponder. Se a menina voltasse, dali a duas horas ou três, talvez quatro, quem sabe, ele conquistaria um priapismo que o tornaria invencível, ao menos na cama. (Que ela não acendesse as luzes, por favor, que não pedisse para ele se levantar. Que não quisesse conversar sobre nada, disso ele não seria capaz.) Em algumas horas o desejo estaria batendo no máximo, a mente já liquidificada, mas o membro faria o que precisava fazer. Ele sabia como a coisa funcionava. Ele se conhecia. Ou... conhecia os efeitos da cocaína.

Já o amigo... era um inconveniente. Teriam de deitar na mesma cama, dividir a mesma carne, trocar fluidos, teriam de se excitar mutuamente. Arrrr, era mesmo necessário? André pensava nas alternativas. Claro, já havia feito isso antes. Mas não com aquele cara, não naquela idade, não naquela casa e em seu estado atual. Se o outro fosse um moleque mais delicado... Era uma menina tão magrinha para dividir entre dois marmanjos... André pensava em como contornar o amigo para focar na menina e esquecer tudo o mais. Principalmente, André pensava se o amigo focaria na menina e esqueceria todo o resto; vergonha de expor sua protomasculinidade com aquele cara que não tinha nada, nada em comum, nada de amigo, apenas drogas a compartilhar. O importante era não ficar sozinho.

Por que estava sozinho, afinal? Como ele, por que ele, por que diabos um cara como seu amigo tinha a reboque uma ninfetinha deliciosa e ele estava lá, revirando-se sozinho na cama, todas as noites, por que ninguém podia ver, ninguém achava, ninguém se dedicava e o considerava especial? Ele merecia. Merecia coisa melhor. Merecia algo melhor do que nada.

Melhor do que nada. E ninguém estava ao seu lado, ninguém ao seu lado. Todos contra ele, ninguém acima, ninguém abaixo. Apodrecia sozinho, e ninguém se importava.

Não seja derrotista, André. Você já teve muito mais do que muitos e só não tem mais porque não quer. Você não se empenha. Se não ficasse se remoendo tanto, poderia conquistar metade da cidade ou metade do que você acha que merece. Você merece? Então vamos lá, faça por merecer. Não basta querer. Um mínimo de esforço. Levante-se dessa cama. Levante esse órgão. Faça que ele o obedeça.

Tá, recado recebido. Mas ainda não havia sinal da menina. Ainda não havia sinal do amigo. A sala silenciosa demais. A mata silenciosa demais. Não havia nem os latidos do cach... só começava o canto do galo. Devem ter pegado um atalho, saído pelo mato, entrado no carro e ido embora. Nem se despediram. André não escutara nada, e tinha bom ouvido. Era bom que não estivessem lá agora. Seria melhor se estivessem lá dali a um pouco. Poderiam voltar em quatro, cinco horas. "Andy, a gente já está indo", ele só esperava o amigo dizer. Viria até o quarto se despedir. Guiar de volta à civilização com sua menina, e André ficaria lá sozinho, entregue às cigarras. Melhor voltar com eles. Hora de aproveitar a carona. Agora era uma boa hora de ir embora. Não tinha mais nada a fazer naquela casa. Ah... Mas poderia se levantar e deixar

aquela cama para voltar a dormir no seu microapar-
tamento com colchão no chão e pratos sujos na pia?
Ah... Não poderiam esperar mais um pouco? Não
poderiam esperar até que ele morresse, necrofiliasse-se,
canibalizasse-se, zumbificasse-se e desse um tiro na
própria testa?

Ele acabou dormindo. E acabou acordando. Não acabou. Em poucas horas despertava novamente com a cocaína trincando, a primeira luz da manhã entrando pela janela, passarinhos cantando e ele suplicando a um poder maior que prolongasse seu sono mais um pouco. Até dormir era um esforço, diabos.

O perfume da menina agora era enjoativo demais, forte, doce, sufocante. Mal podia respirar. Tinha algo de baunilha, de limão, cravo-da-índia e erva-cidreira. Capim, jasmim e frutas silvestres. André sentia que o perfume tomava o quarto todo como uma neblina... Bem, era coisa da cocaína, geralmente aguçava seu olfato. Ou dava a impressão de um olfato aguçado. Poderia descer pelo mato farejando cada árvore frutífera, cada amora escondida e acabar encontrando o corpo da menina lá embaixo no terreno, sendo levada em pedacinhos pelas formigas para alimentar cigarras vizinhas. Carne de segunda.

André sentou-se na cama. A luz entrava pela janela aberta do quarto e ele avistava a árvore invasora. Merda, você já me arranhou ontem, sua filha da puta. Devia tê-la arrancado durante o dia. Machadado cada galho sem piedade. Era ela quem invadia o quarto com o perfume das ervas, das frutas e do mato. André se levantou e foi até os galhos. Sim, eram eles, eles que cheiravam como a menina. A árvore esticava seus dedos prometendo masturbá-lo com sua madeira seca. Não, obrigado. André saiu do quarto à procura dos amigos. Provavelmente estavam deitados no chão em frente à lareira...

Com o primeiro passo fora do quarto, ele sentiu. O caco de vidro insistia dentro de seu pé direito. André seguiu pulando no esquerdo pela sala. Num pulo, sentia o cheiro forte de cachaça. Em outro pulo, sentia a lenha queimada. Em meio aos pulos, percebia que os dois não estavam lá. Partiram como se nunca tivessem vindo.

André sentou-se em frente à lareira apagada para examinar novamente o pé. Vasculhava mentalmente a madrugada para ver se encontrava respostas para o desaparecimento dos dois. Deixaram implícito que iriam caminhar pelo mato e depois direto embora? Voltaram minutos depois e o encontraram no banheiro, ou dormindo; tentaram acordá-lo sem sucesso? Ele dissera algo que pudesse ter sido motivo de discórdia, vergonha ou medo? De repente salivara demais diante da pele macia da garota. Sim, podia ser isso, provavelmente isso, não fora isso? Usaram a desculpa do mato e foram embora da casa pela forma descarada com que André encarava a menina. Ou ficaram com medo da forma bizarra com que a olhava, aquelas histórias sobre cigarras, as expressões estranhas que André fazia quando estava sob o domínio do pó. Ou o amigo fora lá apenas para pegar o micro-ondas — o amigo não fora lá para pegar o micro-ondas? E pedir um empréstimo, é verdade. Quando constatou que não havia mais nada a levar, simplesmente foi embora.

André continuou vasculhando o próprio pé. Não conseguia ver. Se tivesse um alongamento um pouco melhor, é verdade, poderia espiar o pé mais de perto. Se tivesse uma elasticidade um pouco melhor, praticaria autofelação, em vez de examinar o próprio pé. O vidro deveria ser uma partícula mínima, de todo modo, ele não conseguiria tirar com a unha nem com pinça. Precisava de uma agulha.

Voltou ao quarto da mãe pulando num pé só. Agulha, alfinete, por mais que a mãe não costurasse, devia ter essas coisas. Era mãe, afinal! Mas por que guardaria essas coisas? Por que guardava tudo o que guardava? Claro, muito era acúmulo de toda uma existência de necessidades. Mas, quando resolveu se matar, poderia ter doado parte dos livros, as roupas, coisas que ela sabia que não ficariam com os filhos-amigos-parentes. Muito trabalho, provavelmente. Pensar em se matar e se encarregar antes da doação dos bens, da venda da casa, de assinar os próprios atestados de óbito e reconhecer firma levaria meses. Até lá, já estaria morta por causas naturais. Não, quem se mata tem pressa. Fazia sentido.

André abria gavetas do closet e não encontrava o que procurava. Uma árvore abria seus galhos carregados de letras, letras adornavam o casco de uma tartaruga em duas patas — prêmios, troféus, de formas definidas e indefinidas no fundo de uma gaveta. Valeriam mais do que latinhas de alumínio? Tesoura, durex, clipes. Envelopes, selos, cola. Abridor de cartas, camisinha, lubrificante... Não pretendia encontrar lubrificante nas coisas da mãe. Abriu mais uma gaveta. E mais outra. Tanto fora levado e tanto sobrara. Tantas pequenezas. Picuinhas. Cada grampo de cabelo e clipe de papel que teria de ser pensado, cuidado, usado ou descartado por alguém. Não por ele. Encontrou linha, alfinete, agulha. Pronto. Sentou-se na cama e examinou o pé, lamentando novamente ter largado aquelas aulas de pilates, anos atrás, quando achou que poderia...

Bem, nunca poderia ver o caco de vidro no pé. Em sua minimalidade transparente, iria entrar na corrente sanguínea, viajar pelo corpo, parar no coração. Ou então chegar até o cérebro e ir ceifando tudo o que fosse desnecessário, as memórias desagradáveis, traumas de taturana e lapsos de memória, tiques nervosos e lesões lisérgicas. O caco de vidro extrairia tudo o que havia de errado em sua vida e ele voltaria a sorrir. De um dia para o outro, voltaria a ser uma pessoa normal... Algum dia chegara a ser? O caco de vidro apenas cortaria sua depressão. E ele teria forças novamente para fazer o que todas as pessoas fazem sem esforço.

Cutucou o corte com a agulha, penetrando-o, alargando-o, rasgando-o de ponta a ponta esperando que o caco de vidro saísse entre leucócitos e hemácias, restos de cocaína, kit-kats e cachaça. Seu sangue carregava coisas demais. Não havia como flagrar o pedacinho invisível entre todo aquele vermelho. O caco já devia ter saído. Apalpou com o dedo. Sentiu. Continuou futucando com a agulha, puxando para fora o que havia de líquido, sólido e pastoso dentro de si. Sem nem saber o que sairia. Apalpou. Sentiu. Porra, o corpo não poderia se encarregar de expelir o que não fizesse parte dele? Não. Se fosse assim, ele seria expelido de si mesmo.

O corte agora era largo, escorria e André o espremia tentando extrair o vidro. Pronto, achou que conseguiu. Porém não encontrou o caco. Devia ter escorrido com as gotas de sangue e seria reinserido em sua pele quando ele desse um novo passo em falso.

Tratou então de tirar farpas de madeira dos dedos. Tinham vindo com a lenha ou com a árvore no quarto da mãe. Não se lembrava. Mas a extração era mais fácil. Logo estava com pé e mãos rasgados, braço arranhado; aquela casa andava muito agressiva.

Precisava de um copo d'água. Geladeira... não. Achou que já havia reparado nisso. Serviu-se de água da torneira. Tinha um gosto esquisito. Achou que a menina havia comentado isso também. Devia ser a cocaína. Foi até o freezer ver se havia algo para comer; precisava colocar algo substancioso no estômago. Nada, nem um coração. Porra, era melhor sair logo daquela casa. Não tinha mais como sobreviver ali.

Foi até a varanda novamente contemplar o mato. Começava a garoar e, na luz do começo da manhã, as flores pareciam mais vermelhas do que nunca. O mato gritando de felicidade. "Nem o inverno faz mal a você, né, seu filho da puta?" Era verdade, o inverno não fazia muita diferença para a natureza neste país. Talvez por isso as cigarras ainda cantassem. Se as formigas batessem a porta na sua cara, a Cigarra passaria uma noite de frio e no dia seguinte já poderia ter o verão novamente, mostrando o dedo do meio para as formigas, se cigarras tivessem dedos.

Aquele parecia, sim, um dia de inverno, o inverno que poderiam ter por lá. Moderadamente frio e chuvoso, triste e cinza. André não tinha certeza se ficava feliz pelo clima acompanhar sua depressão. Um dia claro e quente certamente o incomodaria. Porém aquele clima estava longe de elevar seu ânimo. Condenado àquela casa. Exilado de sua própria cidade. Sem carona, teria de caminhar dois quilômetros de volta pela estrada de terra até a rodovia e esperar algum ônibus que passasse de volta. Tudo o impedia: a chuva, a ressaca, o pé cortado. Mas nada o impedia: a chuva, a ressaca, o pé cortado. Nada seria suficiente se realmente quisesse sair naquele momento. Não chovia tanto assim. A caminhada era de apenas dois quilômetros. O pé incomodava um pouco, mas estava em perfeitas condições de uso. Melhor partir de uma vez. Não deveria ficar acumulando feridas, degradando-se com a casa, esperando a incapacidade total, para não ter como sair de lá. A casa estava vazia, sem comida, sem móveis, ele já havia feito o que havia vindo fazer. Viera apenas participar da partilha com a irmã. Chegara antes para se despedir da casa... de repente se despedir da mãe. Pronto. Já havia feito. Agora não havia mais nada, e queimara na lareira o pouco que sobrara.

Bem, ele sabia, ele não sabia, precisava verificar se algo restava. Deveria era descer até os fundos do terreno. Certificar-se do que havia lá. Não havia lá. Verificar o cachorro, o amigo, a menina. Assegurar-se de que não havia ocorrido nenhum acidente, assassinato, ataque de animal selvagem. Não havia ocorrido. Mas era importante se assegurar. Depois, seguir caminhando dois quilômetros na chuva, manco, ressaqueado. Voltando ao seu apartamento, poderia comer-beber-fumar-dormir.

Pica-pau... Pica-pau...

Uma batida fraca e insistente. A menina morta. O amigo vivo. A irmã de volta. A empregada não querendo incomodar tão cedo num domingo, mas precisava dar comida ao cachorro. André voltou à casa e não pôde deixar de ver como mau presságio as próprias pegadas de sangue espalhadas pela sala.

Mancando a meio caminho da porta, teve certeza de que não vinha de lá. *Pica-pau, pica-pau...* Vinha novamente do banheiro de hóspedes. O pássaro-galho-dedo-de-bruxa-zumbi voltava. Eram o amigo e sua menina caídos no boxe do banheiro, estrebuchando, incapazes de saírem de lá, batendo as testas sangrentas na janela do banheiro, certeza.

Não havia ninguém no banheiro. Nem mesmo o pica-pau morto-vivo. A cortina aberta do boxe do banheiro já revelava. O dedo-de-bruxa voltava a bater no vidro da janela, já criando uma pequena rachadura.

Diabos, como essa porra pode ter crescido tão rápido? André avançou até lá, abriu a janela e quebrou novamente o dedo. Quebrou a mão. O braço. Quebrou o galho fino daquela árvore para acabar com qualquer possibilidade. Deveria fazer isso também com a árvore que invadia o quarto da mãe.

Foi ao quarto de hóspedes. Não, nem amigo, nem menina, nem cachorro, nem pica-pau havia lá. Notou novamente a mancha de umidade na parede. Parecia maior e mais escura. Saltou no pé sangrento até ela. Parecia ter assumido outro formato. Parecia ter assumido o formato de um mapa do terreno... porém ele nem sabia ao certo o formato do terreno. Parecia ter assumido o formato de um mapa que tinha o formato de um perfil de mulher. Como aquela mancha podia ter mudado tanto de um dia para outro? Como aquela mancha estava crescendo assim? Bom... estava chovendo. Se era uma infiltração de umidade lá de fora, fazia sentido. Podia ser um vazamento da tubulação. A mancha podia crescer, alterar-se e tomar novas formas em segundos, deixe de besteira. E por que estava tão escura?

André passou o dedo pela parede e tentou sentir o cheiro. Vamos, com seu olfato aguçado pela cocaína, sabe do que aquela mancha era feita? Seja um sommelier de parede por um dia: Hum, imigrantes do norte com toques de escravidão que culminaram em homicídio. Só cheirava a umidade. Farejou de novo. Hum, tinha um certo cheiro de mato. Bem... TUDO tinha cheiro de mato naquele lugar. Passou a língua. Tinha gosto de terra...

Poderia ser um cadáver. Um corpo cimentado naquela parede. Durante a construção da casa. Um dos pedreiros sofreu um acidente. Dois dos pedreiros tiveram uma discussão. Um dos pedreiros mexeu com a mulher do outro e... pronto, acabou emparedado no quarto de hóspedes. O quadro fora colocado na parede quando o corpo começou a vazar. Mas o quadro fora colocado na parede por sua mãe... Não fora? A mãe que mandou emparedar o pedreiro acidentado para não ter despesas trabalhistas. Ou a mãe cobriu inocentemente a pequena mancha de umidade que surgia apenas para camuflá-la até poder pintá-la novamente. André esfregou mais um pouco o dedo e viu a massa se desfazer. Deveria verificar o que havia naquela parede. Se abrisse um pequeno buraco com o martelo, poderia ter uma ideia. A parede teria de ser rebocada novamente, de toda forma, e ele não poderia mais suportar aquela curiosidade.

Martelo, vamos lá. O quartinho de ferramentas. Procurou entre serrotes, pás, veneno para matar cupins. Agradeceu não ter encontrado uma motosserra, porque certamente encontraria uma razão para usá-la. Também não encontrou a lanterna de pesca que havia emprestado ao amigo — uma prova de que ele não voltara à casa? Achou um machado pesado logo atrás da porta e voltou ao quarto de visitas.

Hora de descobrir o que havia por trás daquela mancha. Hora de descobrir o que se escondia entre aquelas paredes. Sem pensar muito, André desferiu um golpe forte contra a parede. No mesmo instante, a cocaína voltou à tona e ele sentiu o ânimo revigorado. Que privilégio ter uma casa para destruir! Voltou com o machado e sentiu a parede esmigalhar-se como o pó mais refinado do baixo augusta. Poderia enrolar uma nota e cheirar agora mesmo aquela parede inteira, inspirar para descobrir o que havia por baixo, por trás, no fundo. Mais um golpe. E mais um. Estilhaços voavam no seu rosto, na sua boca, e ele só podia rir. Abrindo a mancha, o pó branco ia revelando uma pasta marrom, gosmenta — aqueles eram os restos de um corpo humano? Mais uma machadada. Mais uma. Uau, como é fácil destruir uma parede! Mais uma machadada e — Ah! — André deu um grito, sentindo algo no próprio braço desencaixar-se.

"Porra..."

Apertou o ombro com a mão esquerda. Aquilo doía. Soltou o machado. O machado caiu na ponta de seus dedos do pé esquerdo.

"Ai! Caralho!"

Saltou, pulou com o pé direito. Então sentiu o caquinho de vidro. Torceu o corpo, sentiu o ombro, então conteve um grito e conseguiu morder a língua. Foi ao chão.

O ombro, o braço, os dedos, os pés. O esforço, o cansaço, o fracasso, a idade.

Ficou alguns minutos caído, respirando, ofegante. Que merda... Estava conseguindo se detonar cada vez mais.

O cérebro, os olhos, a garganta, o palato.

Culpa da cachaça, da fome, do pó. Não, culpa da casa, falta de cigarros, falta de sono. Os cortes, o inchaço, as torções, desencaixo. Deitado no chão, apertou fechados os olhos. Afe!

Abriu os olhos e se deparou com os pés da cômoda, como garras. O antigo móvel tinha pés entalhados como patas de animal — algum animal indefinido que a madeira aspirara ser, pantera, urso, gremlin, rinoceronte. Seu pés deviam estar se deformando assim também.

Esperou a dor esmaecer um pouco e se sentou no chão para examinar. Ah, é só um pequeno corte, não faça draminha, Andy. A dor veio mais pelo peso da ferramenta do que pela perfuração. Ficaria um pouco roxo, mas nada de mais. Vamos, Andy, você já passou por coisa pior.

Lembrou-se dos primeiros shows... e de quando a banda começava a fazer sucesso. Aqueles shows eram tão rápidos... Quem dera nunca tivessem acabado. Aditivado pela bebida, pela bala, pelo pó. Misturava tudo e conseguia ficar de pé. Misturava tudo e conseguia voar. Sua energia era imbatível, dissera algum jornalista amigo. Bem, naquela época os jornalistas *eram* seus amigos. Ele conseguia se manter em pé. Conseguia se manter no tom. Quebrava uma garrafa no palco e espetava no próprio peito. O público aplaudia. Não havia coração a perfurar. E durou pouco, durou tão pouco. Acabou antes mesmo de ele acabar. Quando ainda tinha energia. Quando ainda tinha vontade. Quando ainda tinha voz e tudo estava no lugar, o público perdeu o interesse, o público considerou que ele já havia perdido. Foi a sentença de fracasso do público que o fez fracassar. Torcida contra. Era isso.

Levantou-se. Voltou-se à parede e aos tijolos, os tijolos expostos. Vamos ao que há de sólido, que já se esfarelou o suficiente. O momento é de descobrir o que foi sepultado nessa parede. Levou a mão direita.

Merda, como o ombro doía. Tirou dentre os tijolos um pedaço de tecido marrom.

Tecido marrom... As sobras da roupa do defunto. Bem, pode ser normal encontrar entre os tijolos de uma casa pedaços de tecido. Algo normal do processo de construção. Ou o corpo poderia ter se liquefeito totalmente e só sobrara pedaços da roupa. Ou o corpo podia estar mais acima, mais ao lado, e seus fluidos corporais encontraram trilhas entre os tijolos e acabaram vazando num ponto afastado. Ou o corpo estava logo abaixo, com os fluidos subindo em capilaridade. André teria de derrubar a parede inteira para descobrir o que havia de fato por lá.

Dentro de uma boneca está escondida uma faca. Um ursinho de pelúcia é recheado com pó de mico. Brinquedos eletrônicos podem provocar choque. O kit de química contém a fórmula de um veneno fatal. Desmontar seus equipamentos dispersa radioatividade, inatividade, explosões. Paredes, parafusos, placas, cascas e coberturas existem para nos proteger do que não devemos ver. Não podemos ver. Ele devia já ter aprendido quando criança. Tentar descobrir o que há por dentro não leva a nada.

Desferiu um golpe um pouco mais para cima na parede. Porra! Como o braço doía! Era fácil destruir aquela casa — mais fácil ainda seria destruir a si mesmo. Precisava de um drinque.

Agora não eram mais cigarras. Agora não eram mais amigos. Não era mais a nova MPB nem os grilos que ressoavam por sua casa. Havia algo lá dentro, zumbindo. André se levantou na cama e ficou de ouvidos a postos. WTF? Um besouro elétrico. Escutou atentamente, parecia formar palavras, melodias, músicas. Um ruído como um rádio fora de estação. Será que o amigo voltara com a menina para dentro da casa? André desceu da cama para verificar de onde vinha.

Ai, porra! O ombro doía com qualquer movimento. Sentia dor nos dois pés ao pisar no chão — o esquerdo estava pior. Daqui a pouco não conseguiria mesmo sair dali. Foi se arrastando para onde vinha o ruído. Chegou à sala.

Vinha de lá. Era isso. O televisor portátil da mãe, no chão, ligado, fora de sintonia, captando uma infinidade de vozes. Não captando nada. Deveria ser uma pegadinha do amigo — ele tinha voltado para assustá-lo. André o chamou. Nenhuma resposta.

Então se abaixou para desligar o televisor e, assim que puxou o cabo, algo foi captado. A televisão desligada. Colocou na tomada novamente. Não ouviu nada. Sintonizou no dial. Nada. Encostou na tomada para desligar, parecia que sintonizava. Conforme movia o corpo para desligar o televisor, o próprio corpo funcionava como uma antena e bloqueava, captava, desviava sinais e dava algum resultado. Alguém falava. Mudou de posição. Com a mão na tomada, ficou de pé, sentou-se, mexeu no televisor e ficou atrás do aparelho. O sinal começava a variar com a entrevista de uma mulher. André estava cada vez mais certo de que aquela mulher era sua mãe. Com a mão na tomada. Sem a mão na tomada. Atrás da porta. Com o pé machadado em cima do televisor. Com o pé do caco de vidro. Sua mãe viajava até ele, descendo das nuvens, além das montanhas, entre as árvores, através de cachoeiras, driblava a paisagem que tentava segurá-la, natureza que tentava mantê-la morta. Era captada pela antena do filho. Vamos, é só encontrar a posição certa e eu posso chamá-la de volta. Numa determinada distância aleatória, conseguiu fixar a imagem. Preto e branco, distante, mas definitivamente era sua mãe que se sentava numa poltrona. "Eu só pareço triste porque estou cansada", dizia para um entrevistador fora de quadro. "De modo geral sou alegre…" André tinha medo de respirar e interferir no que sua mãe tinha a dizer.

"Para mim, o mais importante sempre foi ler. Eu só passei a escrever para poder criar livros que nunca leria de outro modo."

Quanta intelectualidade. André nunca tivera muita paciência em ver as entrevistas da mãe quando ela estava viva. O mesmo que já ouvira tantas vezes. O que devia ter aprendido em casa, na mesa do jantar. Era estranho, porque para ela parecia que a literatura vinha em primeiro lugar, e se ele se negava a conhecer a escritora, nunca poderia conhecer realmente a mãe. Ter filhos, para ela, fora como uma oficina de criação. "Não é possível entender a vida realmente sem ter filhos", dizia ela em determinado ponto. Então extraía traços da maternidade, de seus filhos, para seu próximo romance. André não precisava ler.

"E se algum de seus filhos quisesse seguir a mesma carreira que você?", perguntava o entrevistador.

A mãe riu. "Bem, meu filho mais próximo de mim, com quem eu mais me identifico, tem problemas mentais. Acho que o máximo que ele conseguiria escrever seria microcontos."

O entrevistador riu, um pouco constrangido. "Ele mora com você?"

"Hum… na verdade eu o mantenho preso no porão da minha casa. E o alimento com sardinhas."

O entrevistador dessa vez riu abertamente, certo de que ela fazia uma piada. André estremeceu com a conversa e a televisão saiu novamente do ar. Voltou à sua posição inicial. Continuava fora. Vamos, vamos, dessa história eu quero saber o resto. Mudou de posição. Voltou à posição. Encostou na tomada. Nada. Só estática. Porra, que história era aquela? Remexeu-se novamente e percebeu que se revirava na cama.

André se revirava na cama e se lembrava de uma entrevista da mãe. "Na verdade eu o mantenho preso no porão da minha casa. E o alimento com sardinhas." Lembrança ou déjà vu, era verdade, a entrevista, ao menos. Talvez André se lembrasse daquela entrevista, e daquelas mesmas palavras. Talvez se lembrasse de uma verdade havia muito oculta, esquecida, camuflada. Podia ter sido uma piada de mau gosto; não era incomum da parte de sua mãe em entrevistas, principalmente quando desprezava o entrevistador. Podia ter sido a pura verdade, dita de maneira cínica para resvalar em sarcasmo fictício. E podia ser a lembrança de algo nunca dito, algo nunca pronunciado, algo de que sempre suspeitara e que a mãe nunca confirmara. Podia ser apenas devaneios. A questão era qual filho que ela diria ter problemas mentais. Um filho fictício, irmão imaginário ou ele mesmo, que ela gostaria de aprisionar? Aquilo revelava o que ela no fundo pensava de André, o filho demente, incapaz? Capaz de fazer truques, divertir as pessoas e receber alguns aplausos, mas nada além do que uma foca amestrada que ganharia em seguida suas sardinhas e voltaria à jaula? Não, a mãe só estava criando um personagem, personagem, nenhuma representação no mundo real.

André voltou a cabeça ao travesseiro, fechou os olhos e pensou no que havia por trás. Com a cabeça no travesseiro, pensou no que havia por baixo, embaixo da cama, da casa, do chão. A casa era elevada. Do alto da varanda, viam-se as árvores que desciam terreno abaixo. Mas a casa tinha só um andar, o que havia sob toda aquela elevação?

Com os ouvidos no travesseiro, André se concentrou para escutar. De repente um choro, um gemido, os últimos suspiros de um irmão acorrentado. Um primogênito secreto, demente, deformado. A mãe o mantivera escondido no porão daquela casa, num alçapão sob o tapete, alimentando-o com sardinhas. Agora que havia morrido, o irmão ficara lá, esquecido, definhando dia a dia, uma herança que ninguém queria...

Nah... a mãe havia se matado, e não faria uma crueldade daquelas com o filho deformado. No mínimo, antes o teria libertado. Então o monstro do porão correria para o mato e passaria a viver como um selvagem nos fundos do terreno. Alimentando-se de frutas silvestres, alimentando-se de esquilos. Uma noite, alimentando-se do cachorro, da menina, do amigo. O irmão deformado estava lá fora, à espreita, com medo de voltar para a casa e ser novamente trancado..

Ou estava de fato trancado na casa? Não mais no porão; cimentado na parede do quarto de hóspedes. Morrera de causas naturais, sobrenaturais; um lote de sardinhas contaminado e o monstro sucumbia. A mãe, desconsolada, resolveu cimentá-lo na parede. Com a perda do filho que vivia (literalmente) sob seu capacho, ela também foi definhando, definhando e acabou contraindo a doença que a levaria a se matar.

Era o filho com quem a mãe mais se identificava, dissera na entrevista. A mãe se identificava com o monstro. Os outros dois não lhe representavam nada. Talvez porque não podiam ser mantidos sob os pés dela, acorrentados, precisavam de mais do que sardinhas. Precisavam de mais do que uma mãe. Talvez ela se identificasse com um monstro, demente, deformada, aprisionada e refém das próprias histórias. Ou talvez...

André estranhou poder visualizar tão bem o porão lá embaixo. As tábuas de madeira. A tubulação enferrujada. André podia até ver a tigelinha de alumínio em que as sardinhas eram servidas — como ele podia ter uma imagem tão nítida de tudo aquilo? Quem sabe já não ajudara a mãe a alimentar o irmão? De repente, estivera num porão daqueles há muitos anos, em outra casa. Talvez fosse *ele mesmo* o monstro que permaneceu anos aprisionado alimentado de sardinhas. André só não tinha dúvidas de que algo de real havia naquela história.

Deu um salto. Sentia uma mão apertar seu ombro. Levantou-se, ofegante, na cama, tentando entender em que tempo, horário, momento e lugar estava. Não conseguia nem saber ao certo quem mesmo ele era. Mas num segundo, ao ver o rosto da ex-namorada, André resgatou sua situação atual.

"Andy? O que aconteceu?!"

A ex olhava para ele visivelmente abalada. Espera. Ele estava na casa da mãe. Na cama da mãe. A mãe havia morrido. Ele havia ido passar o fim de semana para esvaziar a casa. Isso. O resto todo era incerto.

"Que... que horas são?", perguntou.

"São duas da tarde...", a ex respondeu ainda o encarando, preocupada, "de domingo", completou.

Ele olhou um pouco ao redor. Sentiu a dor de cabeça, a boca pastosa, o ombro doendo e cortes pelo corpo. A irmã ontem. O amigo de madrugada. A cocaína... Merda!

"O que aconteceu?", continuou ela. "Está cheio de pegadas de sangue lá na sala. Pedaços de tijolo. Parece que houve uma guerra nesta casa!"

"Como você entrou aqui?"

"A porta estava destrancada. Eu bati, toquei o sino. Ninguém atendeu, fiquei preocupada. Estou te ligando desde ontem. No número daqui e no celular. Ninguém atende."

Ah, merda... Ok. Ok. Estava tudo bem. "O telefone daqui está com problemas. E o celular fica fora de área."

"Tá, mas o que aconteceu? Você está com uma cara medonha. E essas feridas no rosto..."

André tocou o rosto com a mão e pôde sentir. Deviam ter vindo dos estilhaços da parede, ele nem havia notado. Esforçou-se para recuperar rapidamente a razão. "Não foi nada. Tem uma parede com infiltração e vamos ter de arrumar antes de vender a casa. O corretor pediu que eu desse uma olhada de onde vinha o problema. A gente abriu um buraco lá no quarto de hóspedes."

"Abriu um buraco? Desde quando você faz trabalho de pedreiro?"

André tentou abrir um sorriso irônico, só conseguia ser triste. "Eu queria ajudar, né?... Acho que não deu muito certo."

"É..." A ex se levantou da cama. "Acho que não deu. Não sei quem está pior, você ou a casa. Fiquei com medo de você ter sido assaltado, sei lá. Ou então ter surtado de vez. Esta casa está tão vazia..."

"Os amigos da minha mãe vieram ontem e levaram quase tudo embora. Eu fiquei acordado até mais tarde... cuidando das coisas." Bom. Estava conseguindo fazer sentido. Tudo aquilo era basicamente verdade.

"Então tá... Está com fome? Eu trouxe hambúrguer e onion rings do Marion's," a ex-namorada disse com um sorriso, convidando-o a sair do quarto. Ele sorriu e se levantou para acompanhá-la.

Porra, o ombro doía, o pé direito incomodava, o esquerdo latejava e parecia inchado. Agora ele não estava tão certo de que poderia voltar caminhando pela estrada. "Como você chegou aqui?", perguntou, intrigado. Rezava para que o atual namorado dela não a tivesse trazido.

"Táxi. Está me esperando lá fora. Não posso ficar muito."

André se deu conta da sala. Pedaços de reboco e tijolos pelo chão. Pegadas de sangue espalhadas. Um cheiro de lenha, cachaça e pó. Deu uma rápida espiada diante da lareira e correu mancando até lá.

"Puxa, táxi, hambúrguer do Marion's...", dizia enquanto pegava os papelotes vazios jogados sem que ela percebesse e os colocava no bolso. "Você está podendo mesmo." Seguiu-a até a cozinha, onde ela abria os pacotes da comida para viagem.

"Onde tem pratos e talheres por aqui?"

André olhou ao redor, na cozinha, despensa, cristaleira. Nada. Ao que parece, haviam levado tudo. Não conseguia encontrar nem uma faca.

"Bom, a gente come na embalagem mesmo", disse a ex-namorada. "Não tem um micro-ondas para esquentar, né?"

André balançou a cabeça. Olhou para a ex-namorada. Agora ela era uma mulher, em todos os sentidos — seus peitos estavam maiores? Quando se conheceram, ela era pouco mais do que uma criança, seus pelos púbicos ainda crescendo entre seus dedos. Ele era um ídolo. Ela era uma a mais entre suas milhares de fãs — que ele acreditava que chegariam aos milhões. Divertida de conversar, fácil de impressionar e, principalmente, deliciosa de comer. Logo foi se tornando constante. E foi se tornando algo como uma namorada, com idas e voltas, indo e vindo, entrando e saindo. Diabos, como aquela menina deve ter sofrido... Mas não é o esperado, quando se ama? Ele também tinha certeza de que a havia feito feliz, não é toda adolescente que chega tão perto de seu ídolo. Quando viu, ele mesmo sentia algo que poderia ser amor. Gostava de estar com ela. Gostava de impressioná-la. Gostava e podia bancar o provedor. Os melhores shows. As melhores viagens. Os melhores restaurantes, e drogas, e baladas. Bem, não eram os melhores do mundo, longe disso, mas os melhores que aquela menina poderia ter. Ela vivia o seu primeiro amor, ele já havia perdido a conta. Ela começara por cima na vida, mas logo ele não estaria tão bem assim. Ele já deslizava para a curva descendente e ela continuava acreditando apenas por ele ser um ídolo de adolescência. E continuava ao lado dele, nos fracassos, no dinheiro apertado, nas overdoses. Vez ou outra, quando não tinham o que ou com que comemorar, ela lhe trazia uma caixa de bombons Garoto. E ajudava a pagar o gás. Trazia uma garrafa de vodca nacional. Agora estava lá, uma mulher formada que vinha até ele de táxi com delivery de uma lanchonete gourmet. Lamentou que ela não tivesse trazido bebidas.

"Não tenho nada para te oferecer de bebida", disse ele para confirmar. "O pessoal veio aqui e tomou tudo..."

"Tudo bem, estou com uma ressaquinha de ontem mesmo", ela disse. Não parecia. Bem, ainda não tinha nem trinta, natural que não guardasse traços de noites anteriores. E era mulher, podia esconder uma infinidade de pecados sob a maquiagem. Ele não só aparentava cada ressaca que já teve na vida, como só conseguia pensar em beber para vencer a ressaca. Quis se olhar no espelho. Quis tomar um banho. Sentia-se feio, sujo, fedido. "Deixa só eu tomar uma ducha enquanto você arruma aí. Rapidão."

"Não tem muito o que arrumar; não demora", disse ela.

No banheiro da mãe, André se olhou no espelho. Ah, não estava tão mal assim. Apesar das feridas, até que parecia disposto. Marcas de guerra. Era um guerreiro! O álcool era terrível para os olhos, a pele, o cabelo, mas a cocaína até que agia a seu favor. No dia seguinte de uns bons tecos, sempre parecia mais vivo, acordado, até o tom de pele ganhava um estranho semibronzeado. Pensando nisso...

Revirou os bolsos. Encontrou os papelotes guardados. Bateu-os sobre um espelhinho de maquiagem. Vamos lá, um último ânimo. Vamos lá, preciso me mostrar acordado. Ora, ora, revirando os restos dos papelotes desprezados até conseguia uma quantidade razoável. Duas carreiras gordas, aquilo daria. Lindo. Era tudo de que ele precisava. Revirando mais os bolsos encontrou a nota de cinquenta reais. Apertou a descarga para camuflar suas fungadas enquanto aspirava.

Perfeito. Agora vamos tomar uma ducha e estarei pronto para qualquer batalha. André despiu-se na frente do espelho e se olhou de novo de corpo inteiro. É... a cocaína não fazia milagres. A barriga mais saliente do que o recomendado. Os pelos todos fora de lugar. Havia algum lugar para os pelos, afinal? Bom, ela era mulher, devia se contentar com aquilo. As mulheres se contentam com pouco. Ele não podia esperar compreender totalmente o que uma mulher via nele — e aquela já havia visto demais. Não podia compreender o que uma mulher via num homem. A beleza é uma virtude feminina, o máximo que um homem pode fazer é simulá-la, domando, podando, escondendo sua masculinidade. E, por mais que ele não quisesse, por mais que tivesse sido criado na escola da androginia, era masculino demais, com tudo o que havia de errado. Só esperava que ela não tivesse ficado mal-acostumada. Esperava que ela não tivesse se acostumado com o tanquinho e a depilação a laser que o novo namorado pagodeiro dela certamente deveria ter. Como alguém com um mínimo de substância poderia manter um tanquinho? Não dava para ser uma pessoa interessante, divertida e espontânea se não podia se sentar numa mesa de bar, virar alguns drinques e falar bobagem enquanto petiscava bolinhos de bacalhau. Não dava para ser um artista de verdade se não tomar alguns porres, usar um pouco de cada droga, vomitar na sarjeta e infringir algumas leis. Artistas são criminosos, afinal. André revia o significado das palavras "razoável", "pouco", "alguns"...

Chega de devaneios. Entrou no chuveiro e, energizado pelo pó, resolveu tomar uma ducha fria. Isso, ele podia. Virou um ralo xampu, passou um rápido sabonete e estava pronto para o próximo capítulo.

"Hum, como você está bonitinho", ela não disse. Ele emergiu do banheiro menos de dez minutos depois, vestindo sua nova velha camiseta dos Lostprophets; não havia trazido nada melhor. Estava acelerado e trincando; logo ao sair do banho rezou para que houvesse pelo menos mais uma carreira a ser aspirada. Mas os papelotes já haviam sido revirados e ele só conseguiu lamber os restos amargos e esfregá-los na gengiva. Algum efeito deveria surtir.

"Já está meio frio", ela apenas disse, "e acho que os onion rings estão meio murchos. Não sei se foi boa ideia trazer isso até aqui."

Ele tentou abrir um sorriso etéreo e segurou a mão dela. "Está perfeito, pequena." Ela puxou a mão e se afastou, meio rindo.

"Pequena" era o apelido mais adequado que ele encontrou para ela, quando começaram a namorar. Era uma adolescente, afinal, e era um apelido carinhoso.

Claro que garantia que ela sempre ficasse lá, menor, mas não é nesse posto que uma menina quer ficar? Menor e mais frágil, sendo cuidada por seu príncipe encantado?

Príncipe encantado. Príncipe das trevas. Pequeno príncipe. Ínfimo. Ele passara por todos os estágios. Agora vivia a fase de príncipe herdeiro, preferia acreditar. Ainda poderia ser rei e ela... poderia ser a rainha? Só por um dia? Não, ela agora estava em outros reinos e eles não seriam felizes para sempre. Ele falhara em encontrar sua princesa, sua alma gêmea. Aquela mulher era cada vez mais alheia, presenteando sua realeza com hambúrgueres frios e onion rings amanhecidos.

André deu uma mordida. Ainda era melhor do que qualquer coisa que ele havia comido nos últimos dias — o que havia comido nos últimos dias? André deu mais uma mordida. Era melhor do que grande parte do que havia comido em toda a sua vida. Ainda assim, a comida parecia fazer sua maquiagem escorrer, seu personagem desabar. Não podia enganar.

"O Marion's já não é mais a mesma coisa", dizia a ex, justificando-se. "Acho que hoje há lanchonetes bem melhores. Mas como eu sei que você gosta..."

Ah, sim, ele gostava, e ela também. Por que, ela encontrara coisas melhores com seu namorado pagodeiro? Quão melhor pode ser um cheeseburger, ele se perguntava. E quão mais caro. Deu uma mordida. Deu outra. A coisa estava boa mesmo — ainda que fria, murcha —, a questão é que ele não conseguia comer. A cada mordida o suor escorria frio. A garganta travava. O corpo lutava contra. Ele havia acabado de cheirar, e por mais que tivesse vontade de comer com ela, não tinha apetite.

"Preciso de uma água...", ele falou. Ela também pediu um copo. Ele serviu da torneira. Passou para ela. Beberam em silêncio. "Essa água está com o gosto meio estranho, não acha?", ela avaliou.

André oscilou com a cabeça, ponderando.

Voltou a dar bicadas em seu sanduíche. Putz, não tinha o menor apetite. Precisava mesmo era de um drinque. Não dava para enfrentar aquela tarde rebordósica apenas com fast-food! Seu corpo todo doía, ardia, sua garganta áspera e irritada. Ficou parado, de cabeça baixa, olhando para o sanduíche e tentando domar as próprias sinapses para que elas dessem alguma resposta positiva. Vamos lá, uma onda positiva. Se a química ainda agia a ponto de deixá-lo assim, tão alterado e sem apetite, por que não podia alterá-lo de maneira *positiva*? A vida podia ser uma merda, a natureza madrasta, a mãe morta e ele um fracassado. Podia estar lesado e acima do peso, esquecido e enrugado, patético e brocha, mas o cérebro ainda podia se enganar produzindo alguma felicidade. Os aleijados conseguem! Os terroristas suicidas! Os operários e as estupradas! Ele podia ter todas as razões do mundo para sofrer — podia ter milhares de razões para ser feliz —, mas será que não podia apenas aproveitar sem contar com razões ou motivos? Curtir sem se afetar por consequências?

"Andy...", a ex perguntou encarando-o, "está tudo bem com você?"

Ahhh, porra! Aquela pergunta de novo. Por que todo mundo perguntava aquilo? Claro que não estava tudo bem com ele. Estava com quase quarenta anos, sua mãe havia acabado de se matar, o país estava em crise, as crianças morrendo na África e os coalas ameaçados de extinção; como ele poderia estar bem? Só poderia se anestesiar e tentar esquecer. Mas até esse remédio fazia parte de sua doença.

"O que você esperava, que viria aqui e eu estaria sorridente e animado, recebendo-te como um bom anfitrião?", ele explodiu. "Minha mãe morreu. Estou me desfazendo das coisas dela. São meus últimos dias nesta casa. É claro que não estou bem..."

"Você está fedendo a bebida..."

Porra, ele havia acabado de tomar banho! *Faltava-lhe* bebida, mas ficava o cheiro? Era demais! "E daí?! É domingo. Estou numa casa vazia. Será que não posso beber um pouco, ou fumar, cheirar, injetar, fazer chá de fita ou qualquer porra que eu queira?! Sabe, um artista de verdade... um *ser humano* de verdade não está sempre sob controle! A gente erra, faz merda e segue em frente para errar mais. O que você queria, passar um domingo bucólico no campo comigo?"

Ela se levantou. "Tá certo. Foi bobagem mesmo eu ter vindo." E foi se encaminhando para a porta.

Ele segurou o braço dela. "Espera... Desculpa. Olha... Porra... É o que eu disse, minha mãe se matou. Eu vim me desfazer das coisas. Não é fácil."

"Eu sei. E eu estava preocupada mesmo. Com seu telefonema, depois você não atender mais e tal. Por isso eu vim. Mas tô vendo que você está vivo, está como sempre. Não tenho mesmo o que fazer mais aqui. E o táxi ainda está lá fora, esperando."

"Você vai pagar uma grana por esse táxi..."

Ela assentiu. Essa era a questão. Hora de partir.

"Bom... Vamos terminar de comer, pelo menos", ele insistiu.

"Comer o quê? Você tá travado, Andy. Tá na cara. E essa casa tá um nojo."

"Tem acontecido umas coisas muito estranhas aqui, sério. Fica mais um pouco. Deixa eu te contar. Daí eu volto pra cidade com você. Eu preciso de carona, de toda forma."

Ela parou, bufando. Olhou o relógio na parede — estava parado. Conferiu o relógio no pulso. "Tá, mas tenho mesmo de ir daqui a pouco. O que você ainda precisa fazer aqui?"

O que ele ainda precisava fazer lá? A droga tinha acabado. A bebida tinha acabado. A comida, a festa, o cachorro, tudo chegava ao fim, e ele estava ferido, fodido e cansado. Precisava aproveitar o táxi da ex e sair de lá para nunca mais voltar. Mas precisava ficar. Não podia deixar aquela casa assim, ainda, agora. Ele ainda tinha coisas a resolver por lá.

"Eu ainda preciso dar uma geral na casa..."

"Bom, então faz isso que a gente sai daqui a dez minutos."

"Não..." Quanto ele poderia contar a ela? O que ele tinha para contar a ela? "Olha... tem algo muito estranho acontecendo aqui."

Ela apenas o olhou torcendo a boca, irritada.

"Esta casa... O mato lá fora..." O que ele poderia contar a ela? O cachorro que sumiu? O amigo desaparecido? Uma umidade na parede? Nada de concreto. "Eu tive um sonho muito estranho, que minha mãe guardava um irmão deformado no porão."

A ex balançou a cabeça. "Andy, você está numa de suas noias. A gente viu isso num filme, lembra?"

"Eu sei! Mas olha..." Ele a puxou para fora da cozinha, em direção à varanda, mancando.

"O que você fez no pé afinal?", perguntou ela.

"Fui picado por uma cobra."

Ela se soltou dele. "Caralho, picado por uma cobra?! Andy, você precisa ir a um hospital!"

"Eu sei. Mas deixa eu te mostrar uma coisa..." Ele tentou arrastá-la novamente para a varanda. Ela se desvencilhou.

"Não, Andy. Isso é sério. Você foi mesmo picado por uma cobra?" Olhou para o pé dele tentando determinar o inchaço, tentando localizar a mordida. "Não dá para brincar com uma coisa dessas. Você precisa tomar soro imediatamente!"

"Eu sei, deixa só eu te mostrar..."

"Não, Andy. Não surta. Vamos já para o táxi!"

Ele bufou. "Tá, é mentira. Não fui picado por uma cobra. Mas deixa eu te mostrar uma coisa nessa varanda."

"Você tá mentindo ou falando sério?"

"Estou falando sério, digo, estava mentindo, sobre a cobra..."

Ela o olhou por alguns segundos, irritada. Olhos nos olhos, o que ela via? Os anos que passaram, os neurônios que foram queimados, o que ela acreditara que ele fora e o que ele deixara de ser. O que ele nunca fora. A farsa. A verdade. O quanto ela mesmo evoluíra e o deixara para trás. A vergonha de ter sido pequena diante daquele minúsculo em que agora ela pisava com a ponta do salto — e que se agarrava e se esticava e se estendia como um chiclete insistente sem gosto. Ela apenas disse: "Olha, eu vou embora, tá?"

"Não, espera!"

"Você não foi picado mesmo por uma cobra, foi?!"

"Não, não fui. Mas vem cá."

Então ele conseguiu arrastá-la para a varanda. "Olha só o mato lá embaixo."

"Estou vendo, e daí?"

"A casa é elevada. Olha essa base..."

A ex apenas levantou os ombros e balançou a cabeça, como se dissesse "e daí?!!".

"Deve ter alguma coisa aqui embaixo, um porão, algo que minha mãe nunca mostrou. Eu acho que ela esconde alguma coisa. Eu tive esse sonho muito sinistro que ela mantinha um irmão meu preso..."

"Olha, Andy", a ex o interrompeu. "Pra mim já deu, tá? Você está surtado, sei lá o que você tomou..."

"Olha a casa, porra! Não tá vendo que estamos acima do mato? Olha esse bloco de concreto embaixo. Não acha que tem algo aí?"

"Essas são as fundações da casa, porque o terreno está em declive."

"Sei, e acha que é tudo concreto maciço? Ou é um espaço oco vazio?"

Ela deu de ombros. "Sei lá, não me importa. Provavelmente está preenchido pelo próprio solo do terreno, Andy, os pedreiros só contornaram com concreto. Você achou alguma abertura ou algo além do sonho que indique que esse porão existe?"

"Jesus apareceu para mim numa nuvem e me disse."

"Tchau, Andy", disse ela, virando-se para partir.

"Não. Espera. Estava zoando. Mas essa história do porão faz sentido, diz aí. A gente precisa investigar."

"'A gente' não precisa nada. Eu preciso pegar meu táxi e voltar para casa e pro meu namorado. Você precisa voltar para aquela clínica e ficar um bom tempo lá."

"Não me trate como um doente, sua filha da puta! Você nem existiria se não fosse por mim!", explodiu em sua voz mais ríspida sem a própria consciência do que havia dentro de si.

A ex-namorada deu as costas e saiu rapidamente em direção à porta. Agora ela estava com medo, filha da puta. Vinha até ele só para esfregar um hambúrguer frio e onion rings murchos na cara e dizer que estava comendo coisa muito melhor? Quem aquela vaca pensava que era para provocá-lo assim? Podia usar toda a maquiagem do mundo, podia cimentar um porão em seu rosto, podia namorar quem ela quisesse, que a mesma natureza que apodrecia nele apodreceria nela. Ele havia passado por infernos e paraísos, glórias e maldições, e tinha uma coisa ou duas a ensinar, sim, uma dúzia ou duas. Podia ter perdido o sucesso, perdido o dinheiro, perdido até a mãe e os neurônios, mas tudo aquilo o fazia entender muito mais sobre a vida e a morte. Ela ainda continuava como uma pequena groupie, fã, espectadora, admirando a vida que os outros vivem. Fugindo das manifestações da morte. Era como uma formiga que aceita a visita da Cigarra. E acha que pode apreciar o seu canto. Filha da puta. Acha que pode ir embora assim. Não pode ir embora assim. André correu para a sala e a trouxe de volta pelo pescoço.

"Está vendo o mato lá fora? Está vendo? Ele só está esperando por você. Acha o quê? Essa sua botinha de grife, sua meia-calça só vão ser um incômodo para ele digerir, cuspir de lado. Ele vai... Ele vai vomitar você... Depois absorver você de volta pelo solo..." Ele tentava elaborar enquanto a apertava, e apertava o pescoço dela na varanda. Estava só preparando o adubo. "Estou só preparando o adubo. Você vai só adubar esse solo. E o silicone que o filho da puta do seu namorado pagou nem vai ser aproveitado. É! Eu é que vou ter de ir lá catar para jogar no lixo industrial!"

A ex-namorada se contorcia, estrebuchava, perdia o fôlego para responder qualquer coisa ou para gritar. O branco de seus olhos explodia em vermelho, veias dilatadas, rompidas, vazadas. Seus braços se debatendo, procurando qualquer coisa para se agarrar, uma vida a se agarrar, seu ex-namorado. O ombro de André doía, desde o início, mas logo foram seus dedos, punhos, antebraços, braços. Logo seu corpo todo doía pelo esforço de sufocar a ex-namorada. Devia ter feito isso antes. Devia ter feito isso mais jovem. Ainda assim, ele conseguia. Podia estar derrotado, fracassado, enfraquecido e envelhecido, mas ainda era homem, ainda maior do que ela, ainda tinha suas vantagens. Podia estar com um péssimo condicionamento físico. Havia anos que não frequentava uma academia. Mas ainda podia. Bastava uma pressão firme, constante, que as vias respiratórias eram interrompidas, a vida interrompida, por mais que ela insistisse. E ela insistia. O mais perto que ele havia chegado daquele movimento de

esganadura fora ao espremer limas para uma caipirinha. E conseguia. Sentia-a perdendo o ar, as palavras,
a resistência, seus olhos agora de um vermelho mais
morto, seu olhar em descrença. E logo ela era uma
fruta espremida, sem suco e sem vida, restando inerte
nas mãos dele.

Num último esforço, ele a arremessou varanda
abaixo, ao mato. Como a mãe, o cachorro, a irmã, o
amigo, o mato cuidaria dela.

"Não creio que a gente está perdendo a noite de sábado no meio desse mato", dizia a menina de mãos dadas com o amigo, avançando terreno abaixo. Penetravam entre as árvores, lanterna em mãos, tentando reviver o clima de algum filme de terror genérico. Não havia lua cheia, mas isso só contribuía com o clima, fazia o mato ficar mais escuro, enigmático, profundo. Em passos inseguros, temiam pisar em algo vivo, instável, traiçoeiro. Temiam pisar num ponto morto. E seguiam — seus passos sobre o asfalto não seriam mais firmes.

"Ué, você não diz sempre que quer viajar?", retrucou o amigo. "Aqui estamos."

"Ah, que beleza. Eu querendo ir pra praia, um hotelzinho na serra, e você me traz para uma chácara vazia de seu amigo junkie."

"Achei que ia ser divertido. Eu nunca tinha vindo aqui. Mas é pertinho, gata; daqui a pouquinho a gente já pega o carro de volta."

Ela apoiara a ideia de explorar o terreno naquela escuridão, mesmo com André dizendo que não era boa ideia. Agora ela também não estava tão certa. Caminhando de salto alto sobre a vegetação. Receosa pelo que poderia pisar, pelo que não poderia pisar. As ondas positivas do pó se dissipando, e ela precisando de mais uma lagarta para voltar a ser confiante. Não poderiam voltar? Não poderiam ir embora de uma vez? André não parecia lá muito bem da cabeça. Ela começava a ficar tensa com a ideia de estar sozinha com aqueles dois homens naquele lugar.

"Olha...", ela parou, fazendo o amigo puxá-la pela mão. "Espera. Não sei se isso é boa ideia, na verdade. O que a gente vai fazer nesse mato? O Andy mesmo disse que não tem nada aí. E a gente mal está vendo onde está pisando. Não estou entendendo a graça."

"A graça é exatamente esse mistério, gatinha. Sente o clima..."

Os dois ficaram em silêncio por um instante, absorvendo os ruídos ao redor. Animais indefinidos. Cigarras ou grilos? Zumbidos, coaxares, sibilos, arrulhos, grasnados. Todos audíveis e não identificáveis. Nenhum à vista. Animais ventríloquos. Gritando de medo, de desespero, pedindo socorro ou avisando do perigo. "Ainda não estou achando graça. Vamos."

"Nah", ele insistiu. "Deixa eu te contar uma coisa... Você sabe como a mãe do Andy morreu?", o amigo perguntou num tom lúgubre.

"Ai, já tô vendo que aí vem merda, né?", ela retrucou.

"Não... Ela se matou, você sabe. Aqui neste mato. Uma forca. Amarrou uma corda numa dessas árvores e..."

"Cala a boca, otário. Respeita a mãe do seu amigo."

"Estou te falando. Só encontraram o corpo dias depois, todo bicado pelos pássaros, coberto de insetos, sem a língua e os olhos..."

"Para com isso!"

Para ressaltar a morbidez, ele apagou a lanterna.

"Acende essa merda, porra!"

"Era uma manhã nublada. O vento fazia o corpo balançar como um fantasma flutuando. Os insetos dentro da boca faziam que ela se mexesse, como se cochichasse um segredo. Um oficial se aproximou para ouvir e foi picado na bochecha por uma lacraia. A polícia ainda não tem certeza de como uma senhora daquela idade subiu na árvore. Não havia nenhuma escada. Existe uma suspeita de que o Andy possa estar envolvido..."

"Não tem graça, acende essa lanterna!!!"

Ele então desmontou do tom sombrio, caindo na gargalhada. "Haha, está com medo? Uh-hu, assustei você!"

Ela tateou com a mão no escuro, tentando agarrar a lanterna das mãos dele. Ele recuou, rindo. "Haha, se cagou de medo, diz aí?"

"Me dá isso logo, imbecil!" Ela avançou e agarrou a lanterna. Ele puxou de volta. "Dá isso aqui!", ela berrou. Então foi ao chão de quatro com o puxão dele, mãos na lama.

"Puta merda, olha o que você fez!"

A risada cessou. Ele abaixou-se imediatamente para ajudá-la. "Putz, foi mal, gatinha, estava só brincando."

"Brincadeira de mau gosto", reclamou ela, ficando de pé com as mãos sujas, o joelho ralado.

Ele acendeu a lanterna. "Tudo bem, vamos embora, tá? Aqui já deu mesmo."

"Até que enfim. Ah, olha esse barro. Isso..." disse ela olhando para as mãos. "Isso é..."

Ele iluminou com a lanterna as mãos dela. Lama vermelha ou...

Iluminou o chão: poças vermelhas se espalhando como um rasto entre a vegetação. Agora os dois percebiam um cheiro forte, podre, mais denso do que a vegetação, do que a terra ou do que qualquer elemento que deveria fazer parte da paisagem. "Caralho, isso aí no chão é..."

Sangue. Em poças. Pingando de folhas. Espirrado em árvores. Ele apontou freneticamente com a lanterna, tentando localizar de onde vinha, para onde ia, o que indicava. Poucos metros à frente, encontrou uma carcaça peluda...

"Isso é um..."

"Vamos embora daqui, por favor", choramingou a menina. "Deve ter algum bicho selvagem por perto, venha!"

O amigo foi sendo puxado pela menina, enquanto continuava a iluminar a vegetação, à procura. Recuando de volta em direção à casa, quase trombaram com André, parado logo atrás deles.

"Porra, cara! Que susto!", gritou o amigo.

"Tem um bicho morto aí na frente, Andy", adiantou-se a menina.

"Eu sei, era o cachorro da minha mãe."

"Por que não avisou a gente? Que merda aconteceu aqui?", protestou o amigo. "Tá uma nojeira de sangue isso aqui!"

André abriu um sorriso e eles notaram o machado nas mãos dele. "Claro que esse sangue todo não é só de um cachorro..."

O amigo se virou instantaneamente, buscando com a lanterna o que ele mais poderia haver.

"Nem só de fotossíntese vive o mato, não é? É preciso adubar, matéria orgânica em decomposição..."

O amigo continuou buscando freneticamente com a lanterna, sem dar atenção aos puxões insistentes da menina, que sensatamente queria correr o mais rápido para longe dali.

"Sei que está uma sujeira...", continuou André. "Mas a natureza tem sua própria ordem, que nem sempre faz sentido para nós. Pode estar pulsando de vida quando só vemos morte e decadência. É o ciclo. Uns murcham para outros brotarem. Minha mãe dava o sangue por isso aqui..." O amigo então fixou o olhar em um ponto próximo a seu pé. Era uma cabeleira de mulher?

"... agora é a minha vez", disse André, levantando o machado.

André despertou do devaneio. Precisava de um drinque. Agora a questão era suportar cada instante. O pó, a ressaca, as dores pelo corpo só iriam piorar dali em diante. A única coisa que ele poderia fazer era continuar bebendo, mesmo que terminasse em coma alcoólico. Não havia mais volta. Não havia mais vodca. Não havia cachaça nem nada. Era hora de descobrir se ainda havia um licor enterrado ao lado da casa. Pegou a pá no quartinho de ferramentas. Não devia ser difícil de descobrir. Como dissera a irmã, a mãe não podia ter enterrado a garrafa longe no terreno. E o ponto onde estava devia ser de terra fofa, fresca, recém-revirada.

Naquela tarde de domingo a garoa caía um pouco mais forte, com trovões que ficavam entre o ronronar de um gato e um rosnado de um cachorro. Bem, que fosse um animal castrado e não se proliferasse. Ele teria de revirar o barro, mas aquilo era o de menos. Não tinha como se sujar mais. Vamos lá, o licor só pode estar onde não há grama, onde não há árvore, o X do mapa, o tesouro escondido. Quem sabe não encontraria algo mais dentro da garrafa. Daria um gole e encontraria uma mensagem da mãe morta. Daria o gole derradeiro e a encontraria novamente.

Aqui. André encontrou um ponto promissor. Afundou a pá com força. Porra, o ombro doía. Precisava maneirar ou poderia quebrar a garrafa enquanto a desenterrava. Afundou a pá novamente com mais cuidado. Nada. Quão fundo a mãe poderia ter enterrado? Afundou novamente e tirou mais umas pás de terra. Pás de lama. Não traziam à tona nem uma minhoca, nem um tatuzinho, nem um fragmento de artesanato indígena, rótulo de refrigerante, osso de mastodonte, nada. Será que era só disso que era feito o planeta Terra? Brinquedo desmontado, ursinho rasgado, parede quebrada sem nem um pó de mico, defunto cimentado, tesouro escondido. Ali o licor não estava. De repente era só um ponto onde outra garrafa fora enterrada anteriormente, e já retirada. Isso o fazia pensar se poderia ter restado de fato uma garrafa no terreno. Bem, ele só saberia procurando. Tinha de torcer para que houvesse. Pegou a pá e continuou olhando para o terreno ao redor da casa, para a saída de serviço, para a porta de entrada. Aqui. Era um bom ponto para cavar. Tirava as pás de terra e pensava que, mesmo se não encontrasse o licor, poderia aproveitar o buraco para enterrar a namorada... Não, precisava do licor para enterrá-la, precisava de combustível, encontraria alguma coisa, tinha certeza. A cova era melhor que ficasse mais para baixo, longe no terreno.

Um poço de petróleo jorrou. Jorro de combustíveis fósseis. Pesadelos de tiranossauros, sonhos de magnatas, trabalho para ambientalistas, diaristas, copeiras servindo café e soldadores construindo plataformas. Não. Melhor deixar a lama onde estava. Devia já ter aprendido quando criança. Tentar descobrir o que há por dentro não leva a nada.

Seus pés doloridos afundavam na lama... Que merda ele havia feito? Agora não tinha jeito, não podia ser desfeito. Fora longe demais. Todas as suas cagadas culminaram nisso — não mais um cantor decadente, alcoólatra, drogado, acima do peso —, um criminoso, assassino. Não era das piores coisas para uma biografia, é verdade, melhor ameaçador do que patético. Mas não podia ser desfeito. Não poderia ser nada mais. Depois de assassino, nada mais. Assassinato é uma profissão para a vida toda. Ou poderia se safar dessa? Mantê-la como uma carreira enrustida, diploma escondido, o assassinato como um segredo de estirpe, sabendo: "Eu sou capaz." Fora capaz, afinal. Não era tão inválido como supusera. Se era capaz de matar com as próprias mãos, o que mais não conseguiria?

Não havia limites para o que ele podia alcançar. Só precisava esconder bem quaisquer evidências. E negar. Negar. Duvidar. Esquecer. Nunca aconteceu. Eram apenas capítulos alternativos.

Abriu um terceiro buraco. Porra, mãe! Por que tornou isso tão difícil para mim? Olhava para a lama nos pés; longe de petróleo, agora era feita da própria morta. Sim, suas cinzas sopradas pelo vento, misturadas à terra, à lama, reidratadas. Poderia voltar à vida. A mulher feita do barro. O corpo que fora morto, ressecado, queimado e disperso agora era unido e reidratado pela chuva, pela lama, matéria orgânica, voltava a viver. Logo sua mãe se ergueria como um golem e apontaria para ele onde o último licor estava enterrado. Ou a mãe voltaria em forma de licor. Ou suas cinzas em lama, em barro, em árvore. Ela brotaria novamente numa nova forma, com seus galhos. E seus braços se esticariam querendo voltar para casa. Não era isso que cutucava o banheiro de hóspedes? Não era isso a árvore que entrava pela janela do seu quarto? Não, não, as árvores estavam lá havia mais tempo. As árvores sempre estiveram por lá, em silêncio. Vamos cuidar de uma vez do corpo da ex-namorada. Ele sabia que tinha de se apressar. Logo alguém bateria novamente à sua porta, entraria na casa, e ele não teria como explicar aquela menina caída logo abaixo da varanda. Acabaria empilhando uma multidão de corpos. E se isso não acontecesse, a noite certamente aconteceria. A noite cairia e ficaria mais difícil enterrar o corpo, na chuva, sem realmente enxergar se a cova estava bem-escondida. Ele se apressou. Deveria enterrá-la bem mais para baixo. É, tinha de descer aos fundos do terreno, onde a cova ficaria protegida pelas árvores. Dos novos moradores. Agora eles teriam de se preocupar com mais do que cinzas de uma velha escritora. E se resolvessem revirar o terreno, azulejá-lo inteiro, plantar árvores amestradas e hortas ornamentais? Encontrariam sua culpa, encontrariam. Não haveria como se safar. Talvez fosse melhor cremar a ex-namorada na lareira...

O corpo não estava mais lá.

André chegou aonde o corpo deveria estar caído, e o corpo não estava. Não foi exatamente surpresa. No íntimo, já esperava por aquilo. Tudo bem, o corpo não estava ali. Olhou mais um pouco. Olhou para cima, a varanda. Olhou para baixo, a grama, as folhas. Ela podia ter rolado um pouco mais para baixo, para fora de vista. Buscou com o olhar e viu a vegetação densa, as árvores que impediriam que qualquer corpo rolasse adiante, inerte. Buscando com o olhar só viu os cacos e pedaços do anão de jardim.

Muito bem, muito bem, se eu fosse uma namorada assassinada, onde eu me esconderia?

É fato que aquele mato estava super-hiperativo. Mas André não acreditava que ele poderia ter devorado, absorvido e cuspido fora o silicone em tão pouco tempo. Bom... Pode ter se passado uma eternidade, não pode? É, ao que parece, eu sufoquei minha namorada anos atrás... Eu vim para essa casa logo que minha mãe morreu. Quando ainda tinha contato com minha irmã. Quando ainda tinha contato com a civilização. Quando ainda era minimamente civilizado, e comia com talheres, e tinha talheres para comer, e tinha cachaça. Passou-se muito tempo e tudo isso acabou. E eu me tornei um selvagem. Um *mau* selvagem, se é que isso não é um pleonasmo. Eu matei minha irmã, meus amigos, minha namorada e continuei a me alimentar, como o mato. Continuei a passar fome. Morrer de fome. Morrer e matar. É, faz anos que essa história começou e isso a justificaria como um épico! Vamos esticar mais um pouco... Não. Aquilo trazia sérios erros de continuidade. Tudo bem, isso aconteceu em apenas um fim de semana, ele sabia. Então ela ainda está por aqui... Ela ainda está aqui...

André voltou mancando para dentro da casa, para pegar o machado. Subiu os degraus da varanda, olhou para trás, para o mato. Nada o seguia, era ele que teria de ir atrás de algo. A namorada ainda estava viva? E se a namorada ainda estivesse viva? Iria atrás dele. Se esconderia atrás de uma porta com o machado a postos. Na área de serviço. No quarto de hóspedes. Não. Ele chegou lá, encontrou o machado. A parede quebrada, a umidade a se proliferar. Tocou os tijolos no buraco, úmidos. Podia ter arrebentado a mancha, a parede, a umidade, mas a umidade continuava a se proliferar. Agarrou o machado e pensou. Ela não teria ficado. Se ainda estivesse viva, fugiria como louca. Era apenas uma menina. Podia se fantasiar de mulher, mas seria sempre pequena. Não podia com ele. Ele devia ter apertado com mais força. Não apertara com tanta força assim. Maldito ombro deslocado, impediu que fizesse o serviço. Bendito ombro deslocado, impediu que cometesse uma loucura. Ela estava bem. Foi só uma discussão. Uma discussão mais veemente. Ela estava acostumada. Ela sabe como ele é quando bebe, quando cheira, quando é possuído pelo demônio e não tem controle de suas faculdades mentais. Ela poderá perdoá-lo, não poderá? Deixe só a poeira baixar. Daqui a alguns meses será como se nada tivesse acontecido. Eles nem vão comentar o assunto. Eles vão até rir disso...

Não, ela ainda está viva. E se ela ainda estivesse viva, fugiria. Levantaria correndo do mato... Não, não conseguiria. Levantaria *arrastando-se* do mato e fugiria para o...

O táxi. André correu para a porta. Como pôde ter esquecido? O táxi, o táxi, a porra do táxi! Esperando por ela. Levando-a embora. Se ainda estivesse parado lá, ele sorriria, diria protocolarmente: "O senhor pode ir. Ela resolveu ficar aqui." Ah... Mas o taxista iria cobrar, e não seria algo que uma nota enrolada de cinquenta reais daria conta. Aquilo sairia caro. "O senhor aceita cheque? Quem sabe uma edição rara de *Crime e castigo*? Bem, provavelmente era um taxista amigo, e André prometeria que a namorada o pagaria na segunda, na corrida seguinte, quem sabe já não estava pago? Precisaria dizer tudo isso com um sorriso muito convincente. Com uma cara muito confiável. E sabia que não podia passar confiança alguma assim, molhado de chuva, sujo de barro, cheio de feridas, mancando e com um machado na mão. Foda-se, ele que não largaria o machado. Aquele machado ele não largaria nunca mais. Se fosse para o taxista implicar, implicaria com suas tatuagens, para começo de conversa. Se o taxista fosse implicar, o machado estaria lá para aquilo.

Mas não. O táxi não estava lá. Não havia táxi parado.

Puta merda... Aquilo significava que...

Não, não significava nada. Significava que o taxista havia enchido o saco. Era isso. Ou significava que ela havia mentido. Ela nem havia chegado de táxi... Ah, tá. Acha que ela pegou um ônibus, desceu na estrada e subiu dois quilômetros a pé até a casa? Bem, as mulheres fazem isso quando estão apaixonadas, não fazem? Porra, ela não estava apaixonada, estava morta. Morta. No máximo, nutria um amor de ex-namorada, a paixão há muito já havia sido gasta. Ok, então o que significava? Que ela se levantou cambaleante do mato, correu até o táxi e gritou: "Vamos sair correndo daqui, para a próxima delegacia!" Era! Era exatamente isso! Ou não. Ou então que ela descera do táxi ao chegar e dissera ao motorista: "O senhor já pode ir, que vou ficar um tempo aqui." Então, na hora de ir embora diria desconsolada: "Ah... puxa, o taxista foi embora! Como ele pode ter feito isso?! Acho que vou ter de dormir aqui..." Nahhh, quando ela chegou nem tinha certeza de que ele ainda estava na casa. Então eram essas as possibilidades: a) Taxista coió se cansou e resolveu ir embora. b) Ex-namorada morta-viva se levantou e fugiu. c) Ela apenas foi embora; ele nunca a matou, para começar, foi apenas um delírio; ele nunca matara ninguém. Eram as três probabilidades mais prováveis.

Se eu tivesse asas, não me prenderia a detalhes. Lembrou-se da frase que a namorada tatuara nas costas, onde namoradas mais previsíveis tatuariam apenas asas. E era uma frase dele, de uma de suas músicas. Diabos, ele nem chegou a verificar se a frase ainda estava lá. De repente fora coberta por asas, por penas, por uma genérica tribal. Devia ter verificado para saber se ela poderia voar, se poderiam voltar, se poderia...

Porra, ele não queria voltar. Precisava ir adiante, adiante! Será que é impossível avançar com dignidade?! Será que todas as conquistas, o valor, a felicidade precisam estar sempre para trás? Nunca no tempo presente? Nunca estimados para o futuro? Um futuro dos mais sombrios era tudo o que ele podia visualizar. É isso o que sentem todos os homens próximos aos quarenta?

Pica-pau... Pica-pau... Dentro da casa, as batidas retornavam.

André voltou ao mato. Abaixo da varanda. Saco, e se algo, alguém a puxou lá para baixo? Tá, tá, não preciso recorrer a um irmão deformado, ao mato que mata; e se qualquer animal a tiver puxado lá para baixo, digamos, um urubu — urubu tem força suficiente para arrastar uma menina daquelas? Um cachorro do mato, cachorro... O cachorro da mãe não estava vivo afinal? Não poderia ter saído da toca e puxado o corpo para comer mais para baixo? A natureza era assim. Era cruel, mas era a natureza. Natural, ele não fizera nada demais. A natureza é assim, selvagem e assassina, inconsequente e sem remorsos. A vida não tem valor algum, na verdade. Apenas um gás que escapa...

André olhou ao redor novamente e não encontrou nada. Porra, nem uma bota, uma peça de roupa...

Pica-pau, pica-pau...

Ele teria de descer no terreno e verificar. Já estava adiando demais aquilo. Tinha de verificar o cachorro, o amigo, a menina, a ex-namorada... O que mais poderia encontrar? O advogado, a empregada, a irmã. Poderiam estar todos lá embaixo, mortos. Ele poderia... Ele quase se lembrava. É, achava que se lembrava. Será? Matando cada um com machadadas. Não, não fazia sentido. Ele não tinha motivos. Por que sairia matando a torto e a direito? Bem, a morte precisa de motivos para acontecer, ou apenas a vida? Motivos para viver são mais frugais do que motivos para matar? O terreno precisava ser adubado. A mãe obrigando-o a matar. *Bates Motel* ou *kkkkkiill-ma-ma-ma*. Matou todos eles, tinha certeza. Matara até o taxista, o entregador de gás, o revisor que não entendia por que alguns títulos de livros vinham em itálico e outros, não. Matou todos, todos. E o mato ficou feliz. E o mato floresceu fresco e vivo. E as flores se abriram vermelhas. E deus achou bom.

Pica-pau...

Mato filho da puta. André voou para dentro da casa para dar um basta naquilo. Não eram batidas na porta. Não era a ex-namorada morta. Não era a irmã nem o amigo. André sabia que, no banheiro de hóspedes, o galho dedo-de-bruxa insistia em bater. A natureza sempre à espreita. A doença da mãe. A deformidade do filho. O sumiço do cachorro, do corpo: o mato era o culpado. O mato pagaria. Antes de chegar ao banheiro, ouviu o vidro da janela se quebrando. Mais um galho que invadia. Deu meia-volta e foi direto ao quarto da mãe. Machado em mãos, para a árvore que entrava pela janela do quarto.

Você acha isso engraçado? É, a árvore parecia rir. A árvore gargalhava. A árvore explodia em orgasmos, desgraçada, maldita, filha da puta. André avançou para ela com o machado. "Você não sabe do que eu sou capaz!"

E ele era capaz apenas de machadar. Cortando os galhos que invadiam o quarto. Madeira que fracionava seu mundo. Partia sem resistência, galhos finos. Folhas se recolhiam sensitivas, murchando como onion rings. Ele não iria se contentar com uma poda superficial, não, não era uma questão estética, nem de abrir feridas, nem de cicatrizes, nem de amputações. Avançava para matar. Visualizava o próprio rosto cortando-se em vincos, condenando-se em linhas de expressão. Se a expressão fosse de felicidade, certamente deixaria ainda mais vincos — há algum motivo para sorrir? Já não se importava. Não queria salvar-se tanto quanto queria condenar todos os outros. E avançava com o corpo saindo pela janela, gritando, berrando, cortando a madeira enquanto a seiva espirrava em seu rosto. Seu rosto se manchava de vermelho, que poderia ser apenas seiva, que poderia ser o próprio sangue, que poderia ser o sangue de cada um dos visitantes daquele fim de semana, que ele matara e jogara no mato para alimentar as árvores. Poderia ser o sangue de cada linha e de cada rompimento em sua vida. Todas as vezes que sentira quebrar-se, ouvira um estalo, mas buscara com os olhos e o sangue não estava lá. Agora estava. Poderia ser o sangue de todas que ovularam por ele em vão, e o sangue das que não ovularam — mas deveriam! Tudo o que ele doara em vão, e não. Sangue que ele doara e que não viu se materializar em nada. Sangue que ele não doara e escorrera em um ralo qualquer, qualquer ralo, de bar e boate, bordel e camarote, que poderia ter sido redirecionado àquela árvore, esgoto abaixo, sangue sugado pelas raízes, em lençóis subterrâneos. Um rio subterrâneo de sangue. Espirrava agora em sua cara. Sangue do diabo. Seiva rala. Seiva densa. Sêmen. Ele continuava cortando, tentando salvar cada um que o mato engolira e tentando matar cada um que escapara de suas mãos. Vamos, vamos, ninguém deve permanecer. Se tudo deve acabar, que tudo acabe com ele. Se o mundo está condenado, vamos acabar logo com isso. Não é possível que as pessoas, e o mundo, e o absurdo continuem com isso. Isso não é possível. A possibilidade de um mundo adestrado e hipócrita e civilizado já não faz mais sentido — as pessoas contidas, etiquetadas e autoadesivas não são mais possíveis. Possível é o movimento flexor de um corpo que nem está mais no auge dos seus movimentos, mas continua insistindo, e continua acreditando, e continua avançando semiconscientemente enquanto as glândulas acreditam plenamente e se derramam por ele em suores, e poros e pelos que continuam nascendo. Vamos, André é um bravo. E desce o machado, mesmo sentindo o ombro, e os braços, e os pés, e o pênis. Sente em si mesmo cada ano, cada segundo, cada poda que o fizera crescer e cada broto que apodrecera sem ter chance de maturar, apodrecendo sem chance de amadurecer. Frutos que morreram sem passar por sua língua. Sementes que caíram sobre o asfalto, chutadas para um bueiro, germinando num mundo escondido em que nunca ninguém seria capaz de colhê-las. Ele avança janela afora, buscando a vida lá fora, como se já não acontecesse abaixo de seus pés, em seu estômago, intestino, dentro de si. Mundo afora com um machado! O verdadeiro programa de turismo. O mundo é feito para que se avance com machadadas. Fragmentando qualquer contrariedade. Seguindo reto em linhas tortas. Mas agora a árvore o empurra de volta. A árvore insiste para dentro. Contenha-se. Comporte-se. A árvore quer castrá-lo. E ele sente a árvore, a pena, o pênis, o peso dos anos. Não sente nada, deixe disso, nem pensa, só tem um serviço braçal. Não pensa em nada, em nada. Nada a se arrepender. O pênis só avança torto por linhas retas, nada a questionar. Faz o que nasceu para fazer. Abre fendas e mergulha. As fendas lutam de volta. As fendas o expelem e borrifam sangue em sua cara. As fendas o expulsam. Galhos maiores e mais grossos se colocam diante dele e o desafiam. Ele acerta galhos mais robustos. Falo contra falo. Vamos ver quem tem o maior. Todos continuam eretos só pela excitação de competir. Uns maiores, outros menores, o importante é a dor que proporcionam. André tem o machado. E nessa competição desequilibrada a árvore recorre às farpas, fiapos, picuinhas de madeira de quem não sabe competir. Patético, como uma briga entre mulheres, uma puxando o cabelo da outra. Briga de mulher com machado, será. Não se divertiam? Como saber o que é realmente dor e o que é diversão, competição, campeonato de parágrafos de virtuosismo? Ele espuma, espuma branca e vermelha. Onde estariam as outras cores internas que justificariam a identidade nacionalista que um personagem deveria ter? A seiva escorre como suor, a árvore ejacula em seu rosto. A irracionalidade toda berra ao redor: eu estou morrendo! Vivendo! Gozando! Eu estou me desperdiçando e ninguém está prestando atenção! Bem, ninguém prestará atenção em quem berrar, isso é certo. Grite "fogo", não grite "socorro" é o que recomendam, como um incentivo à autocombustão. Sem ter o que pensar, André só avança com o machado. Não há nenhuma fruta. Não há nenhum ramo. Eu não espero colher nada, plantar nada. Onde está a raiz? Mete o machado num galho grosso, que desce acertando-o com força e jogando-o de volta para dentro do quarto.

Caralho!

André ficou lá, caído. Entre folhas, gravetos, galhos, numa poça de seiva. Tentava recuperar o fôlego. Sentia um gosto estranho na boca. Aquele amargo sangue de árvore — devia ter engolido. Neutralizava qualquer gosto que tivesse ficado da cocaína. Contaminava-o com a doença do mato. A natureza. Cerca viva. Natureza morta. Ele tentava duelar com o que já estava morto e que só estava lá para levá-lo junto. Inútil. Ele se sentou no chão e olhou ao redor.

O quarto da mãe era uma zona. De guerra. E de prostituição.

Viu as folhas, os galhos, a seiva escorrendo pela janela e pensou em como a mãe podia ter tentado adestrar a natureza assim. Como a mãe havia fracassado. André olhou pela janela e viu o mato lá fora, zombando de seus esforços: o mato não pode ser adestrado. Seja com sardinhas, seja com machado, o mato continua crescendo alheio, cínico e zombeteiro aos esforços humanos. Uns galhos a menos são como um corte de cabelo. Não havia como vencê-lo. André sentou-se na cama, derrotado.

É, a derrota é inevitável...

Mas até aí, não sabia disso desde o início? E não viera desde o começo para isso, para se desfazer da mãe, da irmã, da ex-namorada? Livrar-se dos pontos fracos de sua natureza. Podas. Para que suas flores pudessem voltar a sorrir. Bem, bem, essa árvore não dará muito mais frutos, ele pensou. E pensou apenas no que tinha de fazer a seguir.

O que tinha de fazer a seguir era descer mato abaixo, até o final de terreno. E enfrentar o que houvesse lá. Mesmo que não houvesse nada lá, para isso ele trazia o machado, e isso ele iria descobrir. Levantou-se da cama e, cambaleante, mancando — vamos lá, o pé não está tão ruim —, seguiu terreno abaixo.

Dentro da casa, o telefone tocava. Repercutia frio entre os azulejos do banheiro de hóspedes. Os cacos de vidro da janela no boxe. Ecoava até dentro do encanamento. Viajaria pelos canos até a caixa d'água, quem sabe vibrando os tímpanos de um gambá morto, depois descendo novamente a tubulação até o banheiro da mãe; seria ouvido mesmo embaixo d'água, na banheira, se houvesse alguém lá. Fazia uma gota escorrer da torneira na banheira vazia. Ondas mínimas se propagavam na água do vaso sanitário.

Na sala, provocava vibrações imperceptíveis nas engrenagens do relógio de pêndulo. Não o fariam voltar a bater. As vibrações na cristaleira até faziam a madeira estalar, mas nada digno de nota, nenhum copo rachado, nenhuma nova garrafa quebrada. Embaixo dela, um, dois, dezenas de cacos de vidro da garrafa, que nunca foram varridos; ficariam como diamantes para quem quisesse contar novas histórias de fracassos. Nas cinzas da lareira, desprendia-se pouco a pouco o calor que ainda era maior do que no resto da casa. No chão, a velha televisão desligada poderia dar um suspiro, tentando voltar a zumbir fora do ar. Mas não havia ninguém a sonhar com ela, ela voltava a ser apenas um pedaço de plástico descartável.

E na cozinha o toque do telefone também ecoava, fazendo o freezer voltar a zumbir para se manter mais frio do que tudo mais. Seu termostato ainda vivo pela eletricidade da casa, a corrente elétrica que seguia pelas paredes, desviava de umidades, chegava até interruptores, ansiosa por ser solicitada. Muita energia contida.

No quarto de hóspedes, a umidade continuava a se proliferar. Talvez recebendo um novo impulso sonoro do telefone, um gotejamento que havia se interrompido voltava a fluir e avançava para além de onde o reboco fora despedaçado. Formava novas manchas, novos mapas, novas silhuetas de mulher. A insistência do telefone poderia formar a silhueta de uma mulher insistente, teimosa, que avançava pela casa mesmo quando a casa já estava destruída, quando não havia mais nenhum diálogo a ser travado nem história alguma para contar.

No quarto da mãe, a seiva secava, gosmenta, no chão, assim como as pegadas de sangue, de cinzas, de barro. A cama estava desfeita. Ninguém a faria novamente. O cheiro de amaciante já se desprendera e provavelmente só poderia ser identificado por um cão farejador, por um perito criminal. O cheiro de suor e de cachaça já era bem mais identificável, estava por toda a casa. Se policiais entrassem lá e tentassem entender o que acontecera, provavelmente chegariam até aquela cama e concluiriam: "Foi aqui que ele derreteu."

Saindo pela janela do quarto, driblando os galhos que ainda insistiam, o toque do telefone descia o terreno e era ouvido até à margem do mato, embaixo da varanda, diante das árvores, trevos, samambaias que tomavam conta do lugar. No fundo da terra, uma única garrafa esquecida de licor zunia: "Estou aqui. Ainda estou aqui", sem ninguém para ouvir.

E o telefone logo desistia. Silenciava-se para acabar com as pistas de que ali houvera civilidade e de que ali houvera vida. Silenciava-se antes mesmo de que fosse possível investigar embaixo da casa, descobrir se havia um porão ali. Só o silêncio do mato. Só o farfalhar da morte. As plantas estáticas, esparsas, enigmáticas, sinistras.

Epílogo

Com uma chave virada na porta de entrada, a casa voltava a ganhar vida. Um menino entrou correndo, cruzou a sala e foi direto ligar o enorme televisor ao lado da lareira. A mãe entrou logo atrás, suspirando. "A gente vem passar o fim de semana no campo e a primeira coisa que ele faz é se sentar na frente da televisão."

Seguiu o marido para dentro da casa. "É só o jogo, semifinal. Depois eu prometo que ele desliga."

Atrás do marido, veio a babá carregando uma menininha. A mãe colocou a sacola no chão e pegou a criança. "Pode preparar a papinha dela que já está na hora?" A mulher seguiu direto para a cozinha.

A mãe foi embalando a menina, seguindo para a varanda. Parou, contemplando o mato lá fora. "Olha só, quanta árvore", disse para a pequena. Deus! Aquilo daria um trabalho... Mas seria bom para as crianças. Sim, seria bom para as crianças.

O marido surgiu atrás e colocou a mão em seu ombro. "Está tudo bem com você?"

Ela assentiu... Suspirou... Pensou no que dizer. "Você não acha perigoso para as crianças... não é? Esse mato aí..."

O marido estalou a língua. "Nah. Todo moleque precisa brincar um pouco no mato, subir em árvore, esfolar o joelho. Não dá pra gente ser superprotetor. Se for pra ter medo, a gente devia é ter medo da cidade, trânsito, violência."

"É... eu sei. Mas com isso pelo menos a gente sabe lidar. Ela é tão pequena", apontou com a cabeça para a filha. "E sabe-se lá os bichos que tem aí, as picadas... Depois do que aconteceu com o André... não sei. Tenho medo de que alguma coisa possa acontecer com as crianças."

"Amorzinho...", o marido colocou o braço sobre o ombro dela, "você sabe que o problema do seu irmão não veio daqui. Ele trouxe de longe. O veneno dele não era de cobra, nem de aranha, nem de marimbondo. Agora, eu te disse, se você quiser, a gente ainda pode vender a casa, guardar a parte dele..."

"Não, não, você está certo. É bom que as crianças tenham uma casa de campo. E minha mãe construiu isso com tanto amor, né? Vai ser bom que continue na família."

O marido assentiu, beijando o topo da cabeça dela.

"Pai! Tá começando!", o moleque gritou na frente da TV.

"Já vou", gritou de volta, contemplando da varanda o mato. Continuou com a mulher. "Semana que vem eles já começam a limpar o terreno aí embaixo. No verão já vai ter piscina, churrasqueira... Vai ser gostoso, você vai ver."

Ele a apertou com força. A mulher sorriu. Ele sabia o que ela estava pensando. E ela verbalizou: "Acha que o André não vai voltar?"

Ele respirou fundo. "Não sei... Acho que não. Já faz três meses, né? E pelo que a gente ouviu da ex dele, o jeito que a casa estava..."

"Mas não me conformo; ele não pode ter simplesmente desaparecido!"

"Pessoas desaparecem todos os dias. Se ele estiver morto, o corpo pode nunca ser encontrado. Se estiver vivo, não deve querer que o encontrem."

"Pai, vem logo!", o moleque berrou novamente.

A babá saiu na varanda com um copo. "Dona Elisa, estou achando o gosto da água meio esquisito..."

O marido pegou o copo das mãos dela. Deu um gole. Balançou a cabeça. "Hum, não sei. Acho que é assim mesmo." Devolveu o copo à babá. "Me pega uma cerveja? Vou ver o jogo." E saiu para se juntar ao filho.

Elisa ficou lá no alto da varanda com a menina nos braços. Pobre do irmão. Ela nunca devia tê-lo deixado lá, sozinho, naquele fim de semana. Devia ter percebido que não estava bem — que precisava dela, que não era capaz de cuidar de si mesmo. Se houvesse ainda alguma coisa que ela pudesse fazer... Mas ele era um homem crescido, não podia se responsabilizar por ele. Tinha filhos para criar. Tinha a própria família. Pelo menos a casa da mãe estava salva.

Em seus braços, a menina apontava para algo indistinto na mata. Elisa observou atentamente em busca de uma borboleta, um passarinho, um esquilo trepando nas árvores. Qualquer coisa que pudesse impressionar uma criança. Era por isso que estavam lá. Os animais ornamentais. Fantasia camuflada. Fixando a visão, conseguiria focar a graça que a mata reserva aos inocentes? "O que foi, filha?" Não conseguia apontar nada de volta. Varrendo o verde estático, só pôde destacar um único ramo. Em meio a todos os outros, como se tivesse uma vida independente, um ramo balançava.

Notas e agradecimentos

Apesar de essa novela ter raízes profundas na minha família, é totalmente uma obra de ficção. Meus pais ainda estão vivos, tenho quatro irmãos e nunca fui fumante. A base mais biográfica de fato é a casa, a sessenta quilômetros de São Paulo, no meio do mato, onde minha mãe mora (e sim, a casa é elevada e ela alega nem saber o que há embaixo). Agradeço especialmente a ela — Elisa Nazarian — pela compreensão e generosidade com um tema que incomodaria mães mais convencionais. De toda forma, ela está longe de ser a mulher ausente (e morta) dessa história.

A opinião sobre artistas, músicos e autores citados neste livro — alguns dos quais são amigos próximos — é a do protagonista, não é a minha. Não se ofendam, afinal, ele é um loser.

A letra da banda de Andy — *se eu tivesse asas, não me prenderia a detalhes* — é dele, mas há uma citação logo antes a "Beatle George", do Júpiter Maçã, e em seguida a "Toda essa confusão", do Ludov, escrita pelo amigo Habacuque Lima, que serviria de ótima trilha para este livro: *A fantasia foi exagerar o horizonte pra além do olhar / desejando o que eu nem sonhei / desdenhando o que já conquistei / aprendi que não é bem assim / o horizonte termina em mim / Agora eu sei que toda essa confusão é normal / já entendi nem toda história exige ponto final / a gente faz um monte de besteira / e a ainda tem a vida inteira inteira.*

O livro é dedicado a Nicole Witt, minha agente, que foi a maior incentivadora e que acreditou neste projeto desde o início.

Agradeço também a Murilo de Oliveira, Nicolas Graves — you rock! —, Guilherme Weber e Ney Anderson, que foram meus primeiros leitores. Lucas Bandeira de Melo, Livia Vianna e Carlos Andreazza, da Record, pelo cuidado com o livro e por me chicotearem para que ficasse o melhor possível, o pior possível. Guiomar de Grammont, que trabalhou nas prévias do livro; os queridos do trailer — Andrea del Fuego, Thiago Pethit, Cléo De Páris, Marcelino Freire e Lourenço Mutarelli —; Michel Laub; Alexandre

Matos; e o fotógrafo da capa, Taiya Löcherbach, que se inspirou com o que me inspira.

A todos os leitores e leitoras que se mantiveram fiéis, meus dedos nos seus olhos.

A gente faz um monte de besteira / e ainda tem a vida inteira inteira.

Este livro foi composto na tipologia Adobe
Garamond Pro, em corpo 12,5/16,5, e impresso
em papel off-white no Sistema Cameron da
Divisão Gráfica da Distribuidora Record.